GREGÓRIO DE MATOS

CB135446

POEMAS ESCOLHIDOS

Seleção, introdução e notas de

JOSÉ MIGUEL WISNIK
(Professor de Literatura Brasileira da Faculdade de Filosofia, Letras e Ciências Humanas da Universidade de São Paulo)

EDITORA CULTRIX
São Paulo

O primeiro número à esquerda indica a edição, ou reedição, desta obra. A primeira dezena à direita indica o ano em que esta edição, ou reedição, foi publicada.

Edição	Ano
8-9-10-11-12-13-14-15-16	02-03-04-05-06-07-08-09

Direitos reservados

EDITORA PENSAMENTO-CULTRIX LTDA.
Rua Dr. Mário Vicente, 368 – 04270-000 – São Paulo, SP
Fone: 272-1399 – Fax: 272-4770
E-mail: pensamento@cultrix.com.br
http://www.pensamento-cultrix.com.br

Impresso em nossas oficinas gráficas.

SUMÁRIO

INTRODUÇÃO

POESIA DE CIRCUNSTÂNCIA

I — Satírica

II — Encomiástica

POESIA AMOROSA

I — Lírica

II — Erótico-Irônica

POESIA RELIGIOSA

INTRODUÇÃO

ESBOÇO BIOGRÁFICO

Gregório de Matos e Guerra foi o terceiro filho de um "fidalgo da série dos escudeiros em Ponte de Lima, natural dos Arcos de Valdevez", estabelecido no Recôncavo baiano como senhor de canavial, cerca de 130 "escravos de serviço", e dois engenhos. O mais velho dos três varões, Pedro de Matos, expulso da Companhia de Jesus por escândalos amorosos, não deu certo no "estudo de jurisprudência" e foi ser feitor das fazendas do pai, mantendo-se no entanto "destro solfista", como diz a biografia de Gregório feita pelo licenciado Manuel Pereira Rabelo. (1) O segundo, Eusébio de Matos, orador admirado por Vieira, teve também complicações com a ordem jesuítica, da qual foi expulso. Mas a lira dos "Matos incultos da Bahia" foi realmente enriquecida no terceiro nascimento, o de Gregório, a 20 de dezembro de 1633 (ou 36), que recebeu por acréscimo o sobrenome materno de Guerra.

Em Coimbra Gregório formou-se em Direito; em Lisboa teria sido, durante muitos anos, juiz do Cível, de Crime e de Órfãos, segundo as diversas informações. Aí se enfronhou nas poéticas do tempo: o maneirismo camoniano que vinha do século anterior, desembocando no barroco então vigente, matriculado em Gôngora e Quevedo. Casou-se pela primeira vez,

(1) Rabelo, Manuel Pereira — "Vida do excelente poeta lírico, o doutor Gregório de Matos Guerra", *in Gregorios de Matos-Obras Completas,* vol. VII, Salvador, Janaína. Este "esboço biográfico" é uma glosa das biografias do poeta, e, em especial, da do licenciado Manuel Pereira Rabelo. As demais citações não anotadas são dele.

exercitou-se em sátiras contundentes, teve acesso ao rei D. Pedro II, subindo às suas graças.

Um giro a mais e Gregório, já "visto e previsto" na experiência barroca do *desengaño,* foi lançado do topo dessa *roda da fortuna* de que fala um poema. Ficou viúvo e caiu das graças do rei, por rejeitar a missão de devassar no Rio de Janeiro os crimes de Salvador Correia Benavides, "tão poderoso quão resoluto réu", ou por não acreditar nas recompensas reais quanto à sua participação no mesmo caso. Manuel Pereira Rabelo supõe ainda que sua desgraça junto ao poder se deva à maquinação de alguma pessoa influente feita objeto de suas sátiras.

O certo é que voltou ao Brasil em 1681, a convite do Arcebispo da Bahia, aceitando os cargos de vigário-geral e tesoureiro-mór (que fazia questão de exercer sem pleno uso das roupagens eclisásticas, fato que começa a trazer-lhe problemas). "Aborrecido de uns, temido de outros", "estes fingiam amizades, aqueles lhe maquinavam ódio", Gregório foi desligado de suas funções por ordem do Arcebispo Frei João da Madre de Deus.

Casou-se com Maria dos Povos, "honesta, formosa e pobre", a quem dedicou famoso soneto, tradução livre de dois sonetos de Gôngora ("Discreta, e formosíssima Maria"). Vendeu terras que recebera como dote, jogando o dinheiro em um saco no canto da casa, e gastando-o ao acaso e fartamente.

O que ficou registrado de suas tentativas no campo da advocacia beira o terreno poético (o Direito exercido como um jogo verbal, confundindo-se com o exercício das *agudezas* barrocas). "O doutor Matos, falando pouco para merecer o menos, dizia muito para conseguir o mais": nessa tática jurídica, apontada pelo seu primeiro biógrafo, está sugerida uma poética da condensação, o senso da obtenção, mesmo em um poeta aparentemente torrencial, de um máximo de relações com um mínimo de meios ("... há poetas liberais, / meus versos são escassos", dizia Gregório ironizando um poeta pródigo em firulas culteranistas). Um caso para o advogado Gregório: um sujeito que comprou o cargo de Juiz na Vara de Igaraçu, processou um outro por não chamá-lo pelo título. Defendendo o rẽu, argumenta o poeta: "Se tratam a Deus por tu, / e chamam a El-Rei por vós, / como chamaremos nós / ao Juiz de Igaraçu? / Tu, e vós, e vós, e tu".

A certa altura abandona, no entanto, casa, cargos e encargos, e sai pelo Recôncavo "povoado de pessoas generosas" como cantador itinerante, convivendo com todas as camadas da população, metendo-se no meio das festas populares, banqueteando-se sempre que convidado. "Do gênio que já tinha, tirou a máscara para manusear obscenas e petulantes obras", diz o licenciado Manuel Pereira Rabelo: nessa fase engrossa o volume da sua poesia satírica, o barroco popular oposto ao acadêmico, e a poesia erótico-irônica oposta ao lirismo cortês.

A virulência da sátira do "Boca do Inferno", motivada seja pela crítica da corrupção, dos desmandos administrativos, dos arremedos da fidalguia local ou pelo puro e cortante prazer sádico, lhe valeu a deportação para Angola. De lá, pôde retornar sob condições: desde que não à Bahia mas a Pernambuco, e calando a sátira num rigoroso "ponto em boca" (sempre a ponto de ser transgredido, no entanto).

Há quem insista em fixar alguns gestos como imagem da sua *exorbitância:* uma cabeleira postiça, um colete de pelica, uma vontade de ficar nu, um escritório adornado com bananas.

Morreu piedosamente, segundo testemunhos, em 1696.

ESTUDO CRÍTICO

Portugal e Brasil, as referências de Gregório. Portugal da Restauração: a mentalidade jesuítica, a Contra-Reforma e a consciência dividida entre a moral pública, ascética, e a prática sensual, privada; as agudezas conceptistas, os labirintos formais do cultismo, o pessimismo do *desengaño* pós-rensacentista. Nas brechas de tudo isso, a tradição da sátira portuguesa, grossa, palavrosa, a desancar desbocadamente os desafetos, a devassar a prática sexual dos conventos. Esse mundo, o da Metrópole, superpõe-se, bem e mal, à Colônia do engenho em crise, da afluência de uma burguesia comercial enriquecida que aspira à nobreza, dos mulatos "metediços" aos olhos do branco, da sensualidade à solta relatada copiosamente pelas Visitações do Santo Ofício.

Na segunda metade do século XVII, o Reino português, "apenas liberado do jugo espanhol", estava em "profunda decadência". [1] Terminara em fracasso o comércio oriental, o tráfico de escravos da África não tinha condições de sustentar a economia portuguesa, e a Metrópole intensificava as restrições comerciais ao Brasil, para tirar-lhe um máximo de vantagens. "O círculo de ferro da opressão colonial vai-se apertando em todo correr do século XVII, e não passa um ano em que se não invente uma forma de sugar a colônia, tolhendo-lhe por todos os meios o livre desenvolvimento." [2]

Os proprietários rurais endividavam-se, o engenho via aguçada a sua crise com a baixa do preço do açúcar. "Declinava o preço dos nossos produtos agrícolas, especilamente do açúcar, até então produzido quase exclusivamente pelo Brasil, e que entrava a sofrer a concorrência das possessões espanholas e inglesas da América Central." [3]

Aos proprietários rurais em crise opunham-se os negociantes, função basicamente monopolizada pelos portugueses. "Ao lado da economia agrícola que até então dominara, se desenvolve a mobiliária: o comércio e o crédito. E com ela surge uma rica burguesia de negociantes que, por seus haveres rapidamente acumulados, começa a pôr em xeque a nobreza dos proprietários rurais, até então a única classe abastada e, portanto, de prestígio da colônia" (...) Compunha-se esta burguesia quase toda de naturais do Reino. São de fato os imigrantes recém-vindos que empalmam o comércio da colônia (...) Eram ainda eles, em geral, os arrematadores dos contratos reais: estancos, monopólios, rendimentos fiscais da colônia. Prosperavam portanto à sombra da opressiva política comercial da metrópole, constituindo-se por esta forma em adversários natos das demais classes da colônia. A hostilidade contra os negociantes reinóis, que representavam no Brasil, por assim dizer, a opressão lusitana, era agravada pelas condições cada vez mais críticas dos proprietários rurais." [4]

A essas transformações sócio-econômicas correspondiam mudanças no quadro político, caracterizando as formas de domínio

(1) Prado Jr., Caio — *Evolução Política do Brasil e Outros Estudos*, São Paulo, Brasiliense, 1966, p. 29.
(2) *Idem, ibidem*, p. 32.
(3) *Idem, ibidem*, p. 34.
(4) *Idem, ibidem*, p. 33-35.

e controle da Metrópole sobre a Colônia: as Câmaras, representativas do poder local, iam sendo debilitadas à medida que se fortalecia o poder dos governadores e demais funcionários reais, representantes do poder metropolitano.

Num primeiro nível, podemos dizer que a poesia satírica de Gregório registra em vários pontos essas tensões: a *crise* ("O açúcar já se acabou? . . . Baixou. / E o dinheiro se extinguiu? . . . Subiu. / Logo já convalesceu? . . . Morreu"); a *debilitação das Câmaras* ("Quem haverá que tal pense, / Que uma Câmara tão nobre, / Por ver-se mísera e pobre, / Não pode, não quer, não vence."); a *ascenção do negociante português* ("Salta em terra, toma casas, / arma a botica dos trastes, / em casa come baleia, / na rua entoja manjares. // Vendendo gato por lebre, / antes que quatro anos passem / já tem tantos mil cruzados, / segundo afirmam pasguates."); a *opressão colonial* ("Ninguém vê, ninguém fala, nem impugna, / E é que, quem o dinheiro nos arranca, / Nos arrancam as mãos, a língua, os olhos").

Mas não se trata apenas de *registrar:* Gregório está embrenhado nas contradições que aporta, e empenhado em dar-lhes uma resposta. O *filho do senhor de engenho* encontra o engenho em plena crise, e seu mundo, usurpado por aquilo que ele vê como o arrivismo oportunista dos pretensos e falsos nobres, os negociantes portugueses. O *bacharel,* naufragado no Purgatório colonial, (1) vive a farsa das instituições jurídicas que se sobrepõem de modo deslocado à prática multifacetada da vida da Colônia. O *poeta culto* se vê num meio iletrado; a literatura, sufocada nos "auditórios — de igreja, academia, comemoração", (2) praticada por sacerdotes, juristas, administradores, realiza a apologia subjacente de um *status quo* que soa, como se vê, incômodo para Gregório de Matos. Por outro lado, a poesia acadêmica

---

(1) Ver Paes, José Paulo — "Um bacharel no Purgatório", *in Misterio em Casa,* São Paulo, Conselho Estadual de Cultura, 1961. O título refere-se ao texto de um cronista que afirmou ser o Brasil seiscentista um "Inferno dos Negros, Purgatório dos Brancos e Paraíso dos Mulatos". Cf. Oswald de Andrade, "Falação" *in* Pau-Brasil (*Poesias Reunidas O. Andrade,* S. Paulo, Ed. Gazeta, 1945), p. 18: "O bacharel. / País de dores anônimas. De doutores anônimos. Sociedade de náufragos eruditos."

(2) Candido, Antonio — "O escritor e o público", *in Literatura e Sociedade,* São Paulo, Nacional, 1965, p. 92.

dominante, a de um Manuel Botelho de Oliveira, supre mal o senso do concreto tão vivo e tão necessário à sua *musa.*

Diante disso, a opção de Gregório de Matos ao desligar-se de seus cargos parece ser a opção da *experiência,* que é a base do gênero satírico: distanciar-se do teatro ideológico em que vive, para envisgar-se na realidade que, ainda assim, condena. Vivendo na nobreza ou à tripa forra (à custa dos favores de proprietários generosos), o poeta andarilho não é propriamente um marginal: ao contrário, parece inserir-se com muito maior pertinência na sociedade, na qualidade de cantador transmissor de poesia e notícia, comunicador (com o perdão da palavra) do que como poeta culto, bacharel ou sacerdote. O mundo ao qual o seu senso do concreto adere é, no entanto, o seu inimigo, que lhe nega o poder e prestígio que julga merecer, o mundo *trocado* que instala a aparência como verdadeira *nobreza.* Sob o triunfo da ilusão, Gregório enraíza na cidade da Bahia tudo aquilo que leu do pessimismo barroco, e do já antigo *desconcerto do mundo* — mundo que tem boas razões para figurar-se-lhe invertido, virado do avesso, engolfando e dilapidando as "essências" no turbilhão das "aparências", trocando umas pelas outras.

"Era eu em Portugal / sábio, discreto, entendido, / Poeta, melhor que alguns, / douto como os meus vizinhos. // Chegando a esta cidade, / logo não fui nada disto: / porque o direito entre o torto / parece que anda torcido." Em suma, na Colônia as coisas tomam um *outro* sentido, passam por uma ressemantização, e no processo em que se dá o re-sentido passa também o ressentimento. Os sinais do ressentimento: a *idealização do passado* (fala a cidade da Bahia: "Eu me lembro que algum tempo / (isto foi no meu princípio) / a semente que me davam / era boa e de bom trigo. // Por cuja causa meus campos / produziam pomos lindos, / de que ainda se conservam / alguns remotos indícios. // Mas depois que vós viestes / carregados, como ouriços, / de sementes invejosas / e legumes de maus vícios; // Logo declinei convosco, / e tal volta tenho tido, / que o que produzia rosas / hoje só produz espinhos"); a *agressão ao mulato* ("Um branco muito encolhido, / um mulato muito ousado, / um branco todo coitado, / um canaz todo atrevido"). Luís dos Santos Vilhena, um cronista do século XVIII, encarna também exemplarmente esse tipo de aversão ao mulato que marcava o branço na Bahia: "Há eclesiásticos, e não poucos, que por aquele antigo, e mau hábito, sem lembrarem-se do seu estado, e caráter, vivem assim em desordem com mulatas, e negras de quem por morte deixam os filhos por herdeiros de seus bens; e por estes, e semelhantes modos vêm a parar nas mãos de mulatos presunçosos, soberbos, e vadios muitas das mais preciosas propriedades do Brasil (. . .)". "Vadios, insolentes, atrevidos e ingratos", acrescentava Vilhena na mesma passagem; "desavergonhados, /trazidos sob os pés os homens nobres", dizia Gregório um século antes.

Mas se por um lado há o ressentimento, por outro a *diferença* da Colônia obrigava o poeta a incluir a mestiçagem na sua linguagem poética, a incorporá-la, a aceitá-la como material da sua realidade e da sua obra, e a transformá-la, em certos casos, em instrumento de desmascaramento, como fez, ao denunciar as pretensões de nobreza dos "fidalgos caramuru", inseminando no soneto europeu os elementos estranhos de uma espécie de patuá tupi ("Cobepá, Aricobé, Cobé, Paí"). É um dos momentos em que o ressentimento, estimulado por uma verve cortante, desnuda o que está mascarado na forma pela qual se exerce o poder, vale dizer, a ideologia dominante (são exemplos disso o soneto "À Bahia", "Tristes sucessos, casos lastimosos", ou o poema "À fome que houve na Bahia no ano de 1691").

Já se definiu a sátira como "a luta cômica de duas sociedades, uma normal e outra absurda (. . .)". (1) De imediato, é o caso: na sátira de Gregório a sociedade *"normal"*, a do homem douto e bem nascido, é revirada pela sociedade *absurda,* a dos *pasguates* instalados no poder, gozando de prestígio. Para combater "um mundo cheio de anomalias, injustiças, desatinos e crimes" que ela mesma considera "permanente e indeslocável", a sátira declara uma guerra intransigente do tipo da de Davi contra Golias, (1) mesmo que modulada pelas esquivas malandras ("Ponto em boca!"); pela falsa adesão ("Já entre os grandes me alisto, / e amigos são quantos topo: / estou fábula de Esopo / vendo falar animais, / e falando eu que eles mais, / bebemos todos num copo"); pela fuga para espairecer, na praia ou no

(1) Frye, Northrop — *Anatomia da Crítica* (trad. bras.), São Paulo, Cultrix, 1973, p. 220-224.

dique. No combate satírico, a *agudeza,* "esplêndida concordância" de conceitos, "expressos em um único ato de entendimento", (2) transforma-se numa agudeza prática, concreta, cortante, ferina, referencial, capaz de provocar represálias por parte dos atingidos.

Mas essa oposição entre uma sociedade instalada, vista como absurda, e outra destituída, vista como normal, tem um fundo a mais: é que a Bahia *absurda* tem, para um homem que privilegia a experiência como Gregório, a vantagem de ser *real.* Esse fato é a raiz de um duplo movimento paródico que poderíamos definir assim, adaptando a fórmula da sátira: na poesia de Gregório de Matos trava-se a *luta de duas sociedades, cada uma delas absurda perante a outra.* O bacharel, com seu arsenal inútil de leis, sua cultura livresca, sua poesia galante, parece tão absurdo diante da realidade da Bahia quanto a realidade da Bahia é absurda aos olhos do bacharel.

Desse impasse Gregório de Matos parece ter feito o centro da sua existência de homem histórico e de poeta. Nas linhas-de--frente da sacra, da lírica e da satírica; aos olhos de Deus, de si mesmo e dos outros; a poesia aparece como a única possibilidade de salvação, na mesma proporção em que essa possibilidade aparece a um náufrago que nada. Nada para onde?, no entanto; eis uma boa pergunta, já que a vida mergulha o mortal na perdição (como ditava a moral contra-reformista), o amor é fonte de enganos (como confirmava a experiência), e o mundo está condenado a ficar em poder dos homens errados (como lhe provava o seu deslocamento).

> Triste Bahia! Ó quão dessemelhante
> Estás e estou do nosso antigo estado!
> Pobre te vejo a ti, tu a mi empenhado,
> Rica te vi eu já, tu a mi abundante.
>
> A ti trocou-te a máquina mercante,
> Que em tua larga barra tem entrado,
> A mim foi-me trocando, e tem trocado,
> Tanto negócio e tanto negociante.
>
> Deste em dar tanto açúcar excelente
> Pelas drogas inúteis, que abelhuda
> Simples aceitas do sagaz Brichote.

(2) A definição é de Baltazar Gracián, cf. Bosi, Alfredo — *História Concisa da Literatura Brasileira,* São Paulo, Cultrix, 1972, p. 36.

Oh se quisera Deus, que de repente
Um dia amanheceras tão sisuda
Que fora de algodão o teu capote!

Nesse poema (que Caetano Veloso recriou na sua "Triste Bahia"), está traçado o quadro: apertado o cerco do pacto colonial, e a Bahia transtornada pela *troca.* O texto lembra outro, extraordinário, de Gregório: "A fome me tem já mudo, / que é muda a boca esfaimada, / mas se a frota não traz nada, / por que razão leva tudo? / que o povo por ser sisudo / largue o ouro e largue a prata / a uma frota patarata, / que entrando co'a vela cheia, / o lastro que traz de areia, / por lastro de açúcar troca: / Ponto em boca".

A ti trocou-te a máquina mercante: há um trocadilho nisso — a máquina mercante troca = transforma a cidade ao impor-lhe o primado da troca, isto é, do comércio, ao lançar a cidade e o *eu poético* no circuito das mercadorias ("a mim foi-me trocando, e tem trocado, / Tanto negócio e tanto negociante"). Nesse ponto parece estar uma das chaves da sátira gregoriana: diante de um mundo *trocado pela troca,* Gregório põe em jogo a maquinaria das trocas poéticas, afiadas também nos seus truques, trocadilhos, jogos paronomásticos, em suma, numa série de deslocamentos de significante e significado. "Es*tá*s *e* es*to*u do nosso an*ti*go es*ta*do": os pares antitéticos, que presidem a construção do poema, são recortados aqui em aliterações modulantes, que recaem sobre as sílabas acentuadas do verso *(ta/to/ti/ta).* Entre muitos outros casos: correlações rítmicas e morfológicas *(pobre te vejo a ti / rica te vi eu já),* paronomásias *(máquina / mercante),* assonâncias ("A mim foi-me troc*an*do, e tem trocado, / T*an*to negócio e t*an*to negoci*an*te"), etc.

A *Bahia* é duas, as duas "sociedades" da sátira a que nos referimos acima: uma saudada nostalgicamente ("triste Bahia"), outra amaldiçoada ("quisera Deus... que fora de algodão o teu capote").

Um paiá de Monai, bonzo bramá
Primaz da cafraria do Pegu,
Que sem ser do Pequim, por ser do Acu,
Quer ser filho do sol, nascendo cá.

Tenha embora um avô nascido lá,
Cá tem três pela costa do Cairu,

E o principal se diz Paraguaçu,
Descendente este tal de um Guinamá.

Que é fidalgo nos ossos cremos nós,
Pois nisso consistia o mor brasão
Daqueles que comiam seus avós.

E como isto lhe vem por geração,
Tem tomado por timbre em seus teirós
Morder os que provêm de outra nação.

O poeta parece aceitar a origem nobre de alguém, numa forma que guarda resquícios do discurso encomiástico *(paiá, bonzo, primaz, que é fidalgo... cremos nós),* mas minado pela paródia. A genealogia do fidalgo desvenda, num lance de agudeza conceptual irônica, a "verdadeira" natureza de sua fidalguia: a *antropofagia* é o termo que, numa correlação imprevista, une *cá* e *lá,* o *índio* e o *branco,* o *não-nobre* e o *nobre* (a *fidalguia nos ossos,* antropofágica, é o maior *brasão* "daqueles que comiam seus avós"). Ao mesmo tempo o poeta realiza, parodicamente, uma antropofagia lingüística, usando toponímicos tupis, e tendendo aos monossílabos e às oxítonas ("Quem / sem / ser / do / Pequim / por / ser / do / Acu", "Cá / tem / três / pela costa do Cairu"). (Assim também em outro soneto sobre o mesmo assunto, o poeta marca as consoantes contrastadas num discurso cheio de arestas fonológicas, também com as oxítonas: "Cobepá, Aricobé, Cobé, Paí".)

Assentado sobre a noção de nobreza que reserva para si, idealizando o próprio passado, Gregório sabe, no entanto, ser agudo ao desmontar na base a ideologia da *tendência genealógica* segundo a qual a burguesia buscava mitificar o passado real e histórico de uma ascenção pouco limpa pela imagem "naturalizada" de uma nobreza essencial. E como no exemplo anterior, a sátira desemboca na mordacidade, na agudeza para atingir, para *morder* também, como o fidalgo caramuru timbra por fazer, respondendo mordida com mordida. Essa atitude revanchista tem outros bons exemplos, como este:

Com justiça pois me torno
à Câmara noss'Senhora,
que pois me trespassa agora,
agora leve o retorno:
praza a Deus, que o caldo morno,
que a mim me fazem ceiar

da má vaca de jantar,
por falta do bom pescado
lhes seja em cristéis lançado;
mas se a saúde lhes toca:
Ponto em boca.

Esse poder da sátira, de cutucar o seu objeto, é exercido por Gregório como um verdadeiro pressuposto viril: a poesia sem o combate agudo, que fere, seria estéril e impotente. Veja-se que *Marinícolas,* o "ninfo gentil" duramente satirizado por Gregório como *sodomita,* não tem o mesmo poder:

Mordeduras de perro raivoso
Co'o pelo se curam do mesmo mastim,
E aos mordidos do rabo não pode
O sumo do rabo de cura servir.

Veja-se também que Marinícolas exercita-se nas formas de troca homossexual, ao mesmo tempo que é o Provedor da Casa da Moeda, e o oportunista que ascende. *(que troca tudo pela troca:* personagem que patenteia a visão do *desconcerto do mundo* na sátira de Gregório de Matos). Oportunistas como ele são também Pedralves e os personagens ("E eis aqui a personagem") que chegam ao Brasil para enriquecer-se nos negócios.

Finalmente, podemos dizer que na sátira de Gregório essa contundência serena num poema notável, os tercetos "Aos vícios", onde ele assume aquilo que Northrop Frye chama de ironia correspondente à tragédia fatalística, "na qual a ênfase principal recai no ciclo natural, no invariável e contínuo giro da roda da sorte ou da fortuna (. . .). Como a fase correspondente da tragédia, tem interesse menos moral e mais generalizado e metafísico, menos meliorístico e mais estóico e resignado": (1)

Todos são ruins, todos perversos,
Só nos distingue o vício e a virtude
De que uns são comensais, outros adversos.

Quem maior a tiver, do que eu ter pude,
Esse só me censure, esse me note,
Calem-se os mais, chiton, e haja saúde.

(1) *Idem, ibidem,* p. 233.

A lírica-amorosa de Gregório de Matos, por sua vez, tematiza basicamente os choques entre *ascetismo* e *sensualismo, espírito* e *matéria,* fazendo os contrários passarem por uma série de transformações e aproximações que os faz inseparáveis.

Anjo, no nome, Angélica na cara!
Isso é ser flor e anjo juntamente:

A mulher, como *anjo* e *flor,* espírito e matéria, acaba sendo convertida, de antítese, em paradoxo: "sois anjo que me tenta, e não me guarda", em um *anjo-demônio* diante do qual o ascetismo contra-reformista, sob a pressão da neo-escolástica, da Monarquia absoluta e da Inquisição, julga preciso cegar-se a visão da *galhardia* da matéria:

Matem-me, disse eu, vendo abrasar-me,
Se esta a cousa não é, que encarecer-me
Sabia o mundo, e tanto exagerar-me:

Olhos meus, disse então por defender-me,
Se a beleza heis de ver para matar-me,
Antes olhos cegueis, do que eu perder-me.

A divisão entre ascetismo e sensualismo acaba por gerar novas dualidades, como paixão e refreamento, mundo interior e exterior.

Ardor em firme coração nascido;
Pranto por belos olhos derramado;
Incêndio em mares de água disfarçado;
Rio de neve em fogo convertido:

Tu, que em um peito abrasas escondido;
Tu, que em um rosto corrés desatado;
Quando fogo, em cristais aprisionado;
Quando cristal em chamas derretido.

Se és fogo como passas brandamente,
Se és neve, como queimas com porfia?
Mas ai, que andou Amor em ti prudente!

Pois para temperar a tirania,
Como quis que aqui fosse a neve ardente,
Permitiu parecesse a chama fria.

Figurado como variações de um confronto entre o fogo e a água, a paixão e o refreamento misturam-se a ponto de confundirem inextrincavelmente essências e aparências: "Como quis que aqui *fosse a neve ardente,* / Permitiu *parecesse* a *chama fria.*" A antítese de fogo e água, paixão e pranto, evolui para o oxímoro, já que essência e aparência comportam, ambas, a mesma contradição: *neve ardente, chama fria.*

Nesse trabalho de confronto e fusão dos opostos, Gregório mostra-se hábil na espécie de alquimia dos contrários com que Gérard Genette caracterizou a "fórmula da ordem barroca", sua "dialética fulminante". [1] Segundo Genette, a poesia barroca tende a transformar toda *diferença* em *oposição,* toda *oposição* em *simetria,* e a *simetria* em *identidade.* Nos limites desse trajeto, o *diferente* torna-se *idêntico,* o *outro* torna-se o *mesmo.* É o caso do poema acima. Nele, coloca-se de início como oposição entre o calor e o frio, o fogo e a água, a diferença entre o que se sente (a paixão) e o que se expressa (o refreamento). Essa oposição, desdobrada através das variações do contraste básico entre fogo e água, ganha, com os quiasmos, um caráter simétrico (o quiasmo como a figura do espelho, que contém em si o idêntico e o diferente, a igualdade invertida):

> *Incêndio* em *mares de água* disfarçado;
> *Rio de neve* em *fogo* convertido;

A reiterada configuração simétrica acaba por *valer* identidade, na figura final: dois oxímoros cruzados em quiasmo contendo, assim, a diferença a oposição, a simetria e, vale dizer, a equivalência espelhada (*chama fria* / *neve ardente*).

> *Chora festivo* já, cristal sonoro;
> Que quanto *choras* se converte em *rio,*
> E quanto eu *rio* se converte em *choro.*

Esse tipo de formulação, que, como mostra Genette, indica que no mundo tudo é diferente e tudo é a mesma coisa *(tudo dá no mesmo),* permite ao homem barroco resolver no nível da linguagem as tensões que a sua consciência dividida não resolvia por outro lado. Fazendo o mundo "vertiginoso e manipulável",

(1) Genette, Gérard — "L'or tombe sous le fer", *in Figures,* Paris, Seuil, 1966, p. 29-38. Ao citar, traduzi.

a ordem barroca ao mesmo tempo postula e suspende as contradições.

Octavio Paz nos traz mais elementos para compreender esse jogo de oposições e de identidades como "uma briga de morte entre dois princípios ou forças rivais: esta vida e a outra, o mundo daqui e o mundo de mais além, o corpo e a alma. O corpo tenta a alma, quer queimá-la com a paixão (. . .). Por sua vez, a alma castiga o corpo; castiga-o com o fogo porque quer reduzi-lo a cinzas". ([1]) E mostra como esse antagonismo simétrico entre matéria e espírito penetra, no barroco, o domínio da própria linguagem: "Se o século XVII havia esquecido que o corpo é uma linguagem, seus poetas souberam criar uma linguagem que, talvez por causa de sua própria complicação, nos dá a sensação de um corpo vivo." ([2])

Mas a sensualidade exaltada (na linguagem) e reprimida, que se manifesta na lírica pelo acirramento e a conciliação dos contrários, explode na poesia erótica, ou erótico-irônica, de outro modo. Como Quevedo — "misógamo, putañero y petrarquista" ([3]) — Gregório de Matos aponta o reverso da medalha de sua poesia lírica nas explosões de uma poesia que fala diretamente do corpo mas que, nem por isso, *libera* o corpo, ao contrário, que o exalta e o despreza, numa visão escatológica, que não se desprende do moralismo e do machismo. Essa tendência a fazer da mulher objeto de uma *libido agressiva* fica sintomaticamente mais visível quando esta é negra ou mulata.

Mas de toda a poesia amorosa de Gregório o mais significativo é, sem dúvida, a "Definição do amor". Nele, estão as duas faces da moeda, o petrarquismo que joga com os contrários na idéia, o sensualismo que se liga diretamente ao corpo. Gregório faz uma *suma* das imagens maneiristas e barrocas a respeito do amor, como uma verdadeira exposição, metalingüística, do código poético-ideológico, para depois terminar optando pela experiência direta:

---

(1) Paz, Octavio, *Conjunciones y Disjunciones,* Mexico, Joaquin Moritz, 1969, p. 34.
(2) *Idem, ibidem,* p. 20
(3) *Idem, ibidem,* p. 21.

O Amor é finalmente
um embaraço de pernas,
uma união de barrigas,
um breve tremor de artérias.
Uma confusão de bocas,
uma batalha de veias,
um reboliço de ancas,
quem diz outra coisa, é besta.

Na poesia religiosa, por sua vez, a dualidade *matéria / espírito* projeta-se na dualidade *culpa / perdão.* Estamos diante do confessionário (instituição que tratou, justamente a partir do barroco, de conciliar os conflitos entre uma moral rígida e uma prática "relaxada", para usar um termo de Gregório, fazendo passar minuciosamente cada pecado pelo vale angustioso e estreito do arrependimento).

Pequei, Senhor; mas não porque hei pecado,
Da vossa alta clemência me despido;
Porque, quanto mais tenho delinquido,
Vos tenho a perdoar mais empenhado.

Se basta a vos irar tanto pecado,
A abrandar-vos sobeja um só gemido:
Que a mesma culpa, que vos há ofendido,
Vos tem para o perdão lisonjeado.

Se uma ovelha perdida e já cobrada
Glória tal e prazer tão repentino
Vos deu, como afirmais na sacra história,

Eu sou, Senhor, a ovelha desgarrada,
Cobrai-a; e não queirais, pastor divino,
Perder na vossa ovelha a vossa glória.

Três espaços se encontram aqui: o da religião (o confessionário), o da lei (o julgamento) e o da poesia (o soneto). Trazendo os dois primeiros para o âmbito do terceiro, o poeta está fazendo o que sempre fez: arquitetar a sua salvação através da linguagem (é ela que permite estabelecer o jogo em que se coloca o jogador mais forte, Deus, em xeque, para se propor o empate: "Cobrai-a; e não queirais, pastor divino, / Perder na vossa ovelha a vossa glória"). Porque (insisto) a poesia aparece como a única coisa que o salva, perante si mesmo, perante os outros, perante Deus. No entanto, tal salvação só vem por um momento:

Como corres, arroio fugitivo?
Adverte, para, pois precipitado
Corres soberbo, como o meu cuidado,
Que sempre a despenhar-se corre altivo.

Torna atrás, considera discursivo,
Que esse curso, que levas apressado,
No caminho, que emprendes despenhado
Te deixa morto, e me retrata vivo.

Porém corre, não pares, pois o intento,
Que teu desejo conseguir procura,
Logra o ditoso fim do pensamento.

Triste de um pensamento sem ventura,
Que tendo venturoso o nascimento,
Não acha assim ditosa a sepultura.

Nesse *rio com discurso,* que reflete metaforicamente nas suas voltas as contorsões da linguagem barroca, unem-se problematicamente o sujeito (o *eu poético*), o objeto do desejo ("o meu cuidado", "o intento", "o pensamento"), a vida e a morte ("esse curso... te deixa morto, e me retrata vivo"). Sujeito e objeto, vida e morte, cruzam-se na linguagem, e desse cruzamento resulta, ao fim de suas voltas e encruzilhadas, dois cursos diferentes: o da linguagem, do rio-discurso (que lembra, nesse ponto, o de João Cabral), "logra o ditoso fim do pensamento", isto é, encontra nos seus labirintos a saída feliz da forma; o do sujeito, "triste... pensamento sem ventura", mesmo tendo nascimento num belo objeto do desejo ("tendo venturoso o nascimento"), não encontra a sua satisfação, isto é, não atinge o seu alvo ("não acha assim ditosa a sepultura"), e permanece errante, como o *fantasma* de um outro poema ("Se lá para viver sobrou cuidado / E cá para morrer me sobra a vida, / Fantasma sou, que por Floralva pena"). Veja-se que o poeta usa, para designar o lugar de realização do desejo, seu alvo, a imagem da *ditosa sepultura,* unindo sintomaticamente princípio do prazer e instinto de morte.

Se a poesia o salvava perante os outros ("que pois me trespassa agora, / agora leve o retorno"), perante Deus ("eu sou a ovelha desgarrada, cobrai-a, Senhor"), ou perante si mesmo ("esse curso... me retrata vivo"), subsiste sempre o deslocamento, o naufrágio do bacharel no Purgatório da Colônia e da vida. Ali ficou ele nas águas contrárias, e a poesia, que reteve o seu naufrágio, é a mesma que o mantém vivo.

Na obra enorme de Gregório de Matos, desfigurada em parte pela sua má preservação, com todos os seus desvãos, suas lacunas e seus descompassos, fica certamente um saldo de problemas e de *possibilidades* que ultrapassa em muito os limites dos demais poetas do Brasil colonial, e que o fazem, seguramente, um dos poetas mais instigantes da nossa literatura. Pelo tipo de problemas com que se enfrentou, acabou criando novos registros poéticos, "plectros" de convergência erudito-popular que ainda estão para ser devidamente avaliados. Além disso, o seu itinerário desloca efetivamente os eixos da poesia acadêmica, auto-satisfeita na sua própria retórica. E se essa auto-satisfação acadêmica tem hoje (como não poderia deixar de ser) os seus exemplos de sempre, e chega a rondar ou instalar-se nas próprias vanguardas, a mobilidade insatisfeita da poesia de Gregório de Matos acaba sendo um sinal do seu melhor inconformismo.

OBSERVAÇÕES SOBRE OS CRITÉRIOS ADOTADOS

São conhecidas as dificuldades que se tem para lidar com textos de Gregório de Matos. Primeiro, porque não se conhece nenhum texto assinado por ele, ou por ele impresso em vida. Assim, os códices nos quais estão registradas as suas produções, datados dos séculos XVII e XVIII, foram resultados de diversos colecionadores, e reunidos sem critérios normativos, incluindo textos de autoria duvidosa. Além disso, quando impressos, as edições se basearam geralmente num só apógrafo, sem fazer a comparação entre as várias fontes, para determinar a mais adequada.

Realmente, se compararmos as edições disponíveis, como a da Academia e a de James Amado, creio que dificilmente encontraremos dois poemas iguais: as variantes se multiplicam, e, só comparadas duas edições, elas já seriam milhares. Há textos cuja autoria tem sido contestada, outros que seriam traduções feitas por Gregório.

Dado esse quadro, Antonio Houaiss chegou a conclusão de que somente muitos anos de pesquisa, realizada por uma equipe de especialistas, poderiam levar ao estabelecimento de um texto seguro de Gregório de Matos, com um mínimo de resíduos, e já controlados (isto é, de elementos detectados como insolúveis). Para isso seria preciso fazer um levantamento exaustivo das variantes de todos os códices, e contar com um vasto domínio da estilística barroca e das literaturas portuguesa e espanhola do século XVII, além de um sem-número de informações auxiliares. Evidentemente, esse trabalho só poderia realizar-se à custa de subvenções.

O nosso objetivo é colocar Gregório de Matos ao alcance dos estudantes desde já, em especial os universitários, para quem as edições de obras completas atualmente existentes são pouco funcionais. Não somos nós, no entanto, que vamos resolver o problema do texto gregoriano, evidentemente. Então trabalhamos com a comparação das edições de Afrânio Peixoto e de James Amado, recorrendo, quando fosse o caso, a algumas antologias que contêm lições ou notas valiosas, como as de Sérgio Buarque de Holanda e a de Segismundo Spina (freqüentemente tomamos na íntegra os textos que estão reunidos nesta antologia). Há muitos textos que só ocorrem na edição de James Amado; nesse caso, o adotamos, mas uniformizando o critério de pontuação, que muitas vezes é mais prosódico do que sintático, naquela edição (a vírgula indicando uma pausa, ou uma espécie de respiração). Preferimos adotar a pontuação predominante na edição da Academia, que está mais próxima dos critérios que adotamos atualmente.

Quando há uma disparidade muito grande entre duas variantes, escolhemos uma delas e registramos a outra em nota. Não registramos freqüentemente, no entanto, essas variantes, já que deixamos de fazê-lo quando a diferença era praticamente insignificante ou erro evidente de uma das duas edições.

Quanto à organização geral da antologia, tendemos a dividi-la segundo um critério temático, mesmo que não vendo nessa divisão nada de definitivo. A divisão que pareceu mais didática foi esta:

1. *A poesia de circunstância:* aquela que se volta claramente para a realidade circundante, o meio social, a cidade, o Recôncavo. Ao contrário do que pode parecer, não tem nada a ver com uma poesia menor, ou menos importante. Dentro dessa poesia motivada pela circunstância ficou a sátira: a *sátira social* e a poesia que às vezes é classificada como *graciosa* (que envolve não a sátira propriamente, mas a referência a acontecimentos pitorescos, folguedos, festas, divertimentos da Bahia). Juntamente, ainda dentro da poesia de circunstância, ficou a poesia *encomiástica,* caracterizada pelo seu caráter elogioso e por alguns experimentos formais.

2. *A poesia amorosa:* a poesia *lírico-amorosa* e a que resolvemos denominar *erótico-irônica* (que tem também seus aspectos satíricos, mas sempre ligados aos motivos da sexualidade com aspectos burlescos).

3. *A poesia religiosa:* nessa parte ficou a poesia que tematiza a culpa e o perdão, e também aquela que tematiza a vida como trânsito, e que, em muitos casos, consta da *lírica* na edição da Academia.

Quanto às notas, elas visam a esclarecer expressões estrangeiras (especialmente espanholas e latinas), elementos mitológicos e enciclopédicos em geral, termos que caíram em desuso ou que são usados em sentido muito especial, em certo contexto, e, como já foi dito, registro de variantes. Em vários casos, o sentido de uma palavra no texto só pôde ser pensado em termos de levantamento de hipótese. Registramos também em nota os textos cuja autoria está sob suspeita.

Agradeço à atenção do professor Segismundo Spina, que deu algumas sugestões para resolução de notas; aos amigos: Ricardo Maranhão, e Antonio Mendes Junior, Paxá (pelos esclarecimentos históricos), Zenir Campos Reis (com seus incríveis dicionários), José Paulo Paes (pelos livros, pelas conversas, e tudo mais).

JOSÉ MIGUEL WISNIK
Novembro de 1975

BIBLIOGRAFIA

Do Autor

1. *Obras de Gregório de Matos,* Publicações da Academia Brasileira, Rio de Janeiro, 6 vols., 1923-1933 (vol. I, Sacra; II, Lírica; III, Graciosa; IV e V, Satírica; VI, Última), edição de Afrânio Peixoto.
2. *Obras Completas de Gregório de Matos,* Editora Janaína, Bahia, 7 vols., 1968, edição de James Amado.
3. *Gregório de Matos — Obras Completas,* São Paulo, Edições Cultura, 2 vols. (vol. I, Sacra, Lírica, Graciosa; vol. II, Satírica), 1945, baseada na publicação da Academia.

Antologias Anotadas

1. Segismundo Spina, *Gregório de Matos,* São Paulo, Assunção, s.d. (1946).
2. Sérgio Buarque de Holanda, *Antologia dos Poetas Brasileiros da Fase Colonial,* Rio, INL, vol. I, 1953.
3. Antonio Soares Amora, *Panorama da Poesia Brasileira,* vol. I, Era luso-brasileira (séculos XVI — c. XIX), São Paulo, Civilização Brasileira, 1959.
4. Péricles Eugênio da Silva Ramos, *Poesia Barroca,* São Paulo, Melhoramentos, 1967.

1. Antonio Houaiss, "Tradição e problemática de Gregório de Matos", *in Obras completas de Gregório de Matos,* Janaína, Bahia, 1968, vol. 7.

2. Araripe Junior, *Gregório de Matos,* Rio, 1849, *in Obra Crítica,* vol. II, Rio de Janeiro, Casa de Rui Barbosa, 1960.

3. Augusto de Campos, "Arte final para Gregório", *in Bahia--invenção / anti-antologia de poesia baiana,* Salvador, Propeg, 1974.

4. Fritz Teixeira de Salles, *Poesia e Protesto em Gregório de Matos,* Belo Horizonte, Interlivros, 1975.

5. José Paulo Paes, "Um bacharel no Purgatório", *in Mistério em Casa,* São Paulo, Conselho Estadual de Cultura, 1961.

6. José Veríssimo, "Gregório de Matos", *in Rev. da Academia Brasileira de Letras,* n.° 7.

7. Manuel Pereira Rabelo, "Vida do excelente poeta lírico, o doutor Gregório de Matos Guerra", *in Obras Completas de Gregório de Matos,* Editora Janaína, Bahia, 1968.

8. Segismundo Spina, "Gregório de Matos", *in A Literatura no Brasil* (dir. de Afrânio Coutinho), Rio, Ed. Sul-Americana, 1955, vol. I, t. 1, p. 363-376.

9. Silvio Julio, "Gregório de Matos e Quevedo", *in Penhascos,* Rio, Calvino Filho, 1933.

10. Varnhagen, *Florilégio da Poesia Brasileira,* vol. I, ed. da Academia Brasileira, Rio de Janeiro, 1946.

POESIA DE CIRCUNSTÂNCIA

I

Satírica

JUÍZO ANATÔMICO DOS ACHAQUES QUE PADECIA O CORPO DA REPÚBLICA, EM TODOS OS MEMBROS, E INTEIRA DEFINIÇÃO DO QUE EM TODOS OS TEMPOS É A BAHIA

EPÍLOGOS

1
Que falta nesta cidade? .... Verdade.
Que mais por sua desonra? .... Honra.
Falta mais que se lhe ponha? .... Vergonha.

O demo a viver se exponha,
Por mais que a fama a exalta,
Numa cidade onde falta
Verdade, honra, vergonha.

2
Quem a pôs neste socrócio? (1) .... Negócio.
Quem causa tal perdição? .... Ambição.
E o maior desta loucura? .... Usura.

Notável desaventura
De um povo néscio, e sandeu,
Que não sabe que o perdeu
Negócio, ambição, usura.

3
Quais são os seus doces objetos? .... Pretos.
Tem outros bens mais maciços? .... Mestiços.
Quais destes lhe são mais gratos? .... Mulatos.

Dou ao demo os insensatos,
Dou ao demo a gente asnal,
Que estima por cabedal
Pretos, mestiços, mulatos.

---

(1) *socrócio* — Afrânio Peixoto, *Obras,* IV, p. 261 (v. bibliografia), grafa *rocrócio.* Num dos apógrafos vem *socrócio.* Na primeira hipótese, *rocrócio* (?), i.e., retrocesso; na segunda hipótese, *socrócio,* criado por necessidade de eco com *negócio,* de *socrestar* (?), furtar, rapinar (a nota é de Antonio Soares Amora).

4
Quem faz os círios mesquinhos? .... Meirinhos.
Quem faz as farinhas tardas? .... Guardas.
Quem as tem nos aposentos? .... Sargentos.

Os círios lá vêm aos centos,
E a terra fica esfaimando,
Porque os vão atravessando
Meirinhos, guardas, sargentos.

5
E que justiça a resguarda? .... Bastarda.
É grátis distribuída? .... Vendida.
Que tem, que a todos assusta? .... Injusta.

Valha-nos Deus, o que custa
O que El-Rei nos dá de graça,
Que anda a justiça na praça
Bastarda, vendida, injusta.

6
Que vai pela cleresia? .... Simonia.
E pelos membros da Igreja? .... Inveja.
Cuidei que mais se lhe punha? .... Unha. ([2])

Sazonada caramunha ([3])
Enfim, que na Santa Sé
O que mais se pratica é
Simonia, inveja, unha.

7
E nos Frades há manqueiras? ([4]) .... Freiras.
Em que ocupam os serões? .... Sermões.
Não se ocupam em disputas? .... Putas.

Com palavras dissolutas
Me concluís, na verdade,
Que as lidas todas de um Frade
São freiras, sermões, e putas.

---

(2) *unha* — aqui, com o sentido de roubalheira.
(3) *sazonada caramunha* — experimentada lamentação (Amora).
(4) *manqueiras* — claudicação; no texto, deslize moral.

8

O açúcar já se acabou? .... Baixou.
E o dinheiro se extinguiu? .... Subiu.
Logo já convalesceu? .... Morreu.

À Bahia aconteceu
O que a um doente acontece,
Cai na cama, o mal lhe cresce,
Baixou, subiu, e morreu.

9

A Câmara não acode? .... Não pode.
Pois não tem todo o poder? .... Não quer.
É que o governo a convence? .... Não vence.

Quem haverá que tal pense,
Que uma Câmara tão nobre,
Por ver-se mísera e pobre,
Não pode, não quer, não vence.

À CIDADE DA BAHIA

SONETO

Triste Bahia! ó quão dessemelhante
Estás e estou do nosso antigo estado!
Pobre te vejo a ti, tu a mi empenhado,
Rica te vi eu já, tu a mi abundante.

A ti trocou-te a máquina mercante, ([5])
Que em tua larga barra tem entrado,
A mim foi-me trocando, e tem trocado,
Tanto negócio e tanto negociante.

Deste em dar tanto açúcar excelente
Pelas drogas inúteis, que abelhuda
Simples ([6]) aceitas do sagaz Brichote. ([7])

Oh se quisera Deus, que de repente
Um dia amanheceras tão sisuda
Que fôra de algodão o teu capote!

---

(5) *trocou-te a máquina mercante* — *trocou-te:* com duplo sentido, de comerciar e modificar; *máquina mercante:* as naus que aportam para comerciar.

(6) *simples* — ingredientes que entram na composição de drogas (Amora).

(7) *Brichote* — designação pejorativa do estrangeiro.

DESCREVE O QUE ERA NAQUELE TEMPO A CIDADE DA BAHIA

SONETO

A cada canto um grande conselheiro,
Que nos quer governar cabana e vinha;
Não sabem governar sua cozinha,
E podem governar o mundo inteiro.

Em cada porta um bem freqüente olheiro,
Que a vida do vizinho e da vizinha
Pesquisa, escuta, espreita e esquadrinha,
Para o levar à praça e ao terreiro.

Muitos mulatos desavergonhados,
Trazidos sob os pés os homens nobres, (8)
Posta nas palmas toda a picardia,

Estupendas usuras nos mercados,
Todos os que não furtam muito pobres:
E eis aqui a cidade da Bahia.

(8) *trazidos sob os pés os homens nobres* — na visão de Gregório, os mulatos em ascenção subjugam com esperteza os verdadeiros "homens nobres".

CONTEMPLANDO NAS COUSAS DO MUNDO DESDE O SEU RETIRO, LHE ATIRA COM O SEU APAGE, COMO QUEM A NADO ESCAPOU DA TORMENTA

SONETO

Neste mundo é mais rico o que mais rapa:
Quem mais limpo se faz, tem mais carepa;
Com sua língua, ao nobre o vil decepa:
O velhaco maior sempre tem capa.

Mostra o patife da nobreza o mapa: (9)
Quem tem mão de agarrar, ligeiro trepa;
Quem menos falar pode, mais increpa:
Quem dinheiro tiver, pode ser Papa.

A flor baixa se inculca por tulipa;
Bengala hoje na mão, ontem garlopa: (10)
Mais isento se mostra o que mais chupa.

Para a tropa do trapo vazo a tripa, (11)
E mais não digo, porque a Musa topa
Em apa, epa, ipa, opa, upa.

---

(9) *mostra o patife da nobreza o mapa* — exibe genealogia, pretende-se descendente de linhagem nobre.

(10) *bengala hoje na mão, ontem garlopa* — metonímias da condição social, opostas ironicamente: hoje *bengala* (índice de fidalguia), ontem *garlopa* (ferramenta de marcenaria, para aplainar madeira grossa, índice do trabalho braçal).

(11) *vazo a tripa* — tem o sentido de defecar; manifestação máxima de desprezo pela "tropa do trapo", i.e., a fidalguia bahiana sem tradição.

QUEIXA-SE O POETA DA PLEBE IGNORANTE E PERSEGUIDORA DAS VIRTUDES

SONETO

Que me quer o Brasil, que me persegue?
Que me querem pasguates, que me invejam?
Não vêem que os entendidos me cortejam,
E que os nobres é gente que me segue?

Com o seu ódio a canalha que consegue?
Com sua inveja os néscios que motejam?
Se quando os néscios por meu mal mourejam,
Fazem os sábios que a meu mal me entregue.

Isto posto, ignorantes e canalha,
Se ficam por canalha, e ignorantes
No rol das bestas a roerem palha:

E se os senhores nobres e elegantes
Não querem que o soneto vá de valha, ([12])
Não vá, que tem terríveis consoantes. ([13])

---

(12) *vá de valha* — entenda-se: que o soneto vá além desses "valhas", i.e., dessas compensações que o Poeta tem (Amora).

(13) *consoantes* — versos consoantes, que rimam a partir da sílaba tônica.

À BAHIA

Tristes sucessos, casos lastimosos,
Desgraças nunca vistas, nem faladas,
São, ó Bahia! vésperas choradas
De outros que estão por vir mais estranhosos:

Sentimo-nos confusos, e teimosos,
Pois não damos remédios às já passadas,
Nem prevemos tampouco as esperadas,
Como que estamos delas desejosos.

Levou-vos o dinheiro a má fortuna,
Ficamos sem tostão, real nem branca,
Macutas, correão, novelos, molhos: ([14])

Ninguém vê, ninguém fala, nem impugna,
E é que, quem o dinheiro nos arranca,
Nos arrancam as mãos, a língua, os olhos.

---

(14) *ficamos sem tostão, real nem branca, / Macutas, correão, novelos, molhos* — ficamos sem nada, despojados de tudo; *tostão, real, branca* e *macuta* referem-se a moedas, dinheiro de pouco valor.

AO PADRE LOURENÇO RIBEIRO, HOMEM PARDO QUE FOI VIGÁRIO DA FREGUESIA DO PASSÉ (15)

SÁTIRA

1

Um branco muito encolhido,
um mulato muito ousado,
um branco todo coitado,
um canaz (16) todo atrevido;
o saber muito abatido,
a ignorância e ignorante
mui ufana e mui farfante,
sem pena ou contradição:
milagres do Brasil são.

2

Que um cão revestido em padre,
por culpa da Santa Sé,
seja tão ousado que
contra um branco ousado ladre;
e que esta ousadia quadre
ao bispo, ao governador,
ao cortesão, ao senhor,
tendo naus no Maranhão:
milagres do Brasil são.

(15) "Lourenço Ribeiro, clérigo e pregador, natural da Bahia, e, segundo se rosnava, mulato, dava-se muito a compor trovas, que cantava nas sociedades ao som da cítara: este homem teve a indiscrição de mofar e desdenhar publicamente dos versos de Gregório de Matos. Chegou isto aos ouvidos do poeta, que, ofendido da fatuidade do cabrito, resolveu logo tirar a desforra, o que fez na seguinte sátira, a qual deu o título acima."

(16) *canaz* — cão grande, que passou a significar, depois, grande cão (a nota é de Segismundo Spina).

3

Se a este tal podengo ([17]) asneiro
o pai o esvanece já,
a mãe lhe lembre que está
roendo em um tamoeiro: ([18])
que importa um branco cueiro,
se o cu é tão denegrido;
mas se no misto sentido
se lhe esconde a negridão,
milagres do Brasil são.

4

Prega o perro frandulário, ([19])
e como a licença o cega,
cuida que em púlpito prega,
e ladra num campanário:
vão ouvi-lo de ordinário
Tios e tias do Congo,
e se, suando o mondongo, ([20])
eles só gabos lhe dão,
milagres do Brasil são.

5

Que há de pregar o cachorro,
sendo uma vil criatura,
se não sabe de escritura
mais que aquela que o pôs forro?
Quem lhe dá ajuda e socorro
são quatro sermões antigos,
que lhe vão dando os amigos;
e se amigos tem um cão,
milagres do Brasil são.

---

(17) *podengo* — cão vagabundo, usado para caçar coelhos.

(18) *tamoeiro* — correia que prende a carga; entenda-se: o pai é motivo de orgulho, a mãe é escrava.

(19) *perro frandulário* — *perro:* cão; *frandulário* está por *franduleiro;* é, pois, uma palavra criada pela rima, recurso muito comum usado pelos poetas (significa — estrangeiro, de país estranho, forasteiro, justamente porque se tratava de um padre mulato; costumavam ouvi-lo pregar no púlpito os seus parentes da África (tios e tias do Congo) (Segismundo Spina).

(20) *mondongo* — pessoa suja e desmazelada (v. nota 23).

6

Um cão é o timbre maior
da ordem predicatória,
mas não acho em toda história
que o cão fosse pregador,
se nunca falta um senhor,
que lhe alcance esta licença
de Lourenço por Lourença,
que as pardas tudo farão,
milagres do Brasil são.

7

Té em versos quer dar penada,
e porque o gênio desbroche,
como cão, a troche-moche (21)
mete unha e dá dentada:
o perro não sabe nada,
e se com pouca vergonha
tudo abate, porque sonha
que sabe alguma questão,
milagres do Brasil são.

8

Do perro afirmam doutores
que fez uma apologia
ao Mestre da teologia,
outra ao sol dos pregadores:
se da lua aos resplendores
late um cão a noite inteira,
e ela seguindo a carreira,
luz sem mais ostentação,
milagres do Brasil são.

(21) *a troche-moche* — confusamente, desordenadamente (Spina).

9

Que vos direi do mulato,
que vos não tenha já dito,
se será amanhã delito
falar dele sem recato?
Não faltará um mentecapto,
que como vilão de encerro
sinta que dêem no seu perro,
e se porta como um cão:
milagres do Brasil são.

10

Imaginais que o insensato
do canzarrão fala tanto
porque sabe tanto ou quanto?
Não, senão por ser mulato;
ter sangue de carrapato,
ter estoraque ([22]) de congo,
cheirar-lhe a roupa a mondongo ([23])
é cifra de perfeição:
milagres do Brasil são.

---

(22) *estoraque* — lusitanismo: homem leviano, doidivanas.

(23) *cheirar-lhe a roupa a mondongo* — cheirar a tripas de porco (Spina).

DESCREVE COM MAIS INDIVIDUAÇÃO A FIDÚCIA COM QUE OS ESTRANHOS SOBEM A ARRUINAR SUA REPÚBLICA

ROMANCE

Senhora Dona Bahia,
nobre e opulenta cidade,
madrasta dos naturais,
e dos estrangeiros madre:

Dizei-me por vida vossa
em que fundais o ditame
de exaltar os que aqui vêm,
e abater os que aqui nascem?

Se o fazeis pelo interesse
de que os estranhos vos gabem,
isso os paisanos fariam
com conhecidas (24) vantagens.

E suposto que os louvores
em boca própria não valem, (25)
se tem força esta sentença,
mor força terá a verdade.

O certo é, pátria minha,
que fostes terra de alarves, (26)
e inda os ressábios vos duram
desse tempo e dessa idade.

Haverá duzentos anos,
nem tantos podem contar-se,
que éreis uma aldeia pobre,
e hoje sois rica cidade.

---

(24) *conhecidas* — James Amado registra *duplicadas* (*Obras Completas de Gregório de Matos,* II, p. 429).
(25) *valem* — James Amado registra *cabem (Idem, Ibidem).*
(26) *alarves* — selvagem, bruto, parvo.

Então vos pisavam índios,
e vos habitavam cafres,
hoje chispais fidalguias,
arrojando personagens.

A essas personagens vamos,
sobre elas será o debate,
e queira Deus que o vencer-vos
para envergonhar-vos baste.

Sai um pobrete de Cristo
de Portugal ou do Algarve,
cheio de drogas alheias
para daí tirar gages: ([27])

O tal foi sota-tendeiro
de um cristão-novo em tal parte,
que por aqueles serviços
o despachou a embarcar-se.

Fez-lhe uma carregação
entre amigos e compadres:
e ei-lo comissário feito
de linhas, lonas, beirames.

Entra pela barra dentro,
dá fundo, e logo a entonar-se
começa a bordo da nau
cum vestidinho flamante. ([28])

Salta em terra, toma casas,
arma a botica dos trastes,
em casa come baleia,
na rua entoja manjares.

Vendendo gato por lebre,
antes que quatro anos passem
já tem tantos mil cruzados,
segundo afirmam pasguates.

---

(27) *gages* — está por *gajas:* salário, ou, nesse caso, lucro.
(28) *vestidinho flamante:* vestimenta vistosa, ostentosa.

Começam a olhar para ele
os pais, que já querem dar-lhe
Filha e dote, porque querem
homem que coma e não gaste.

Que esse mal há nos mazombos: [29]
têm tão pouca habilidade,
que o seu dinheiro despendem
para haver de sustentar-se.

Casa-se o meu matachim, [30]
põe duas negras e um pajem,
uma rede com dois minas, [31]
chapéu-de-sol, casas-grandes.

Entra logo nos pelouros, [32]
e sai do primeiro lance
Vereador da Bahia,
que é notável dignidade.

Já temos o canastreiro, [33]
que inda fede a seus beirames,
metamorfósis da terra
transformado em homem grande:
e eis aqui a personagem.

Vem outro do mesmo lote,
tão pobre e tão miserável,
vende os retalhos, e tira
comissão com couro e carne.

---

(29) *mazombos* — termo depreciativo que se refere aos filhos de europeus (especialmente portugueses) nascidos no Brasil.

(30) *matachim* — pessoa ridícula.

(31) *minas* — os *minas* foram um dos grupos de negros sudaneses trazidos ao Brasil como escravos.

(32) *pelouros* — cada um dos ramos de administração de uma cidade cometidos aos vereadores da câmara municipal: o "pelouro dos incêndios", o "pelouro dos jardins", etc.

(33) *canastreiro* — mascate.

Co'o principal se levanta,
e tudo emprega no Iguape,
que um engenho e três fazendas
o têm feito homem grande:
e eis aqui a personagem.

Dentre a chusma e a canalha
da marítima bagagem,
fica às vezes um cristão,
que apenas benzer-se sabe:

Fica em terra resoluto
a entrar na ordem mercante,
troca por côvado e vara
timão, balestilha e mares.

Arma-lhe a tenda um ricaço,
que a terra chama magnate,
com pacto de parceria,
que em direito é sociedade:

Com isto o marinheiraz ([33a])
do primeiro jacto ou lance
bota fora o cu breado,
as mãos dissimula em guantes.

Vende o cabedal alheio
e dá com ele em levante,
vai e vem, e ao dar das contas
diminui, e não reparte.

Prende aqui, prende acolá,
nunca falta um bom compadre,
que entretenha o credor,
ou faça esperar o alcaide.

Passa um ano, e outro ano,
esperando que ele pague,
que uns lhe dão, para que junte,
e outros para que engane.

(33a) *marinheiraz* — comerciante.

Nunca paga, e sempre come,
e quer o triste mascate,
que em fazer a sua estrela
o tenham por homem grande.

O que ele fez foi furtar,
que isso faz qualquer bribante, ([34])
tudo o mais lhe fez a terra,
sempre propícia aos infames:
e eis aqui a persoangem.

Vem um clérigo idiota,
desmaiado com um jalde,
os vícios com seu bioco, ([35])
com seu rebuço as maldades:

Mais santo do que Mafoma ([36])
na crença dos seus Arabes,
Letrado como um matulo,
e velhaco como um frade:

Ontem simples sacerdote,
hoje uma grã dignidade,
ontem selvagem notório,
hoje encoberto ignorante.

Ao tal beato fingido
é força que o povo aclame,
e os do governo se obriguem,
pois edifica a cidade.

Chovem uns e chovem outros
com ofícios e lugares,
e o beato tudo apanha
por sua muita humildade.

---

(34) *bribante* — por *birbante,* patife, tratante.

(35) *bioco* — manto ou lenço que envolve a cabeça e parte do rosto; no texto, está com o sentido figurado de "gestos afetados para simular modéstia, virtude, santidade".

(36) *Mafoma* — Maomé, fundador do islamismo, profeta de Alá, deus dos muçulmanos.

Cresce em dinheiro e respeito,
vai remetendo as fundagens,
compra toda a sua terra,
com que fica homem grande:
e eis aqui a personagem.

Vêm outros zotes de réquiem,
que indo tomar o caráter,
todo o Reino inteiro cruzam
sobre a chanca viandante.

De uma província para outra
como dromedários partem,
caminham como camelos,
e comem como selvagens:

Mariolas de missal,
lacaios missa-cantantes,
sacerdotes ao burlesco,
ao sério ganhões ([37]) de altares.

Chega um destes, toma amo,
que as capelas dos magnates
são rendas que Deus criou
para estes *Orate-fratres*. ([38])

Fazem-lhe certo ordenado,
que é dinheiro na verdade
que o Papa reserva sempre
das ceias e dos jantares.

---

(37) *ganhões* — ajudante de pastor; metaforicamente estaria por *coroinha* (?).

(38) *orate-fratres* — latim, "orai, irmãos", que é uma expressão litúrgica; no texto, metonímia de sacerdote, padre.

Não se gasta, antes se embolsa,
porque o reverendo padre
é do *santo neque demus* ([39])
meritíssimo confrade.

Com este cabedal junto
Já se resolve a embarcar-se,
Vai para a sua terrinha
Com fumos de ser abade:
E eis aqui a personagem.

Vêem isto os filhos da terra,
e entre tanta iniqüidade
são tais, que nem inda tomam
licença para queixar-se.

Sempre vêem, e sempre calam, ([40])
até que Deus lhes depare
quem lhes faça de justiça
esta sátira à cidade

Tão queimada e destruída
te vejas, torpe cidade,
como Sodoma e Gomorra, ([41])
duas cidades infames.

Que eu zombo dos teus vizinhos,
sejam pequenos ou grandes,
gozos, que por natureza
nunca mordem, sempre latem.

---

(39) *santo neque demus* — seria um latinório significando "para o santo e não para o demônio", com que o padre satirizado por Gregório justificaria seus privilégios (ainda que *demus* não exista em latim, latinizando uma forma portuguesa, *demo;* e esteja mal declinado) (?). James Amado, *Obras Completas de Gregório de Matos,* II, p. 434, registra *Santo Nicomedes.*

(40) *calam* — James Amado, *Obras Completas,* II, p. 434, registra *falam.*

(41) *Sodoma e Gomorra* — antigas cidades da Palestina, foram, segundo a Bíblia, destruídas pelo fogo do céu por causa da depravação de seus habitantes.

Que eu espero entre os Paulistas
na divina Majestade,
Que a ti São Marçal te queime,
E a mim São Pedro me guarde. ([41a])

(41a) *São Pedro me guarde* — pode ser uma alusão a dois fortes que defendiam a cidade da Bahia, de São Marcelo e de São Pedro.

À FOME, QUE HOUVE NA BAHIA NO ANO DE 1691

DÉCIMAS

1

Toda a cidade derrota
esta fome universal, [42]
uns dão a culpa total
à câmara, outros à frota:
a frota tudo abarrota
dentro dos escotilhões,
a carne, o peixe, os feijões;
e se a câmara olha e ri,
porque anda farta até aqui,
é coisa que me não toca:
Ponto em boca.

2

Se dizem que o marinheiro [42a]
nos precede a toda a lei,
porque é serviço d'El-Rei,
concedo que está primeiro:
mas tenho por mais inteiro
o conselho que reparte,
com igual mão e igual arte,
por todos, jantar e ceia;
mas frota com tripa cheia,
e povo com pança ôca,
Ponto em boca.

---

(42) *Toda a cidade derrota / esta fome universal* — entenda-se, na ordem direta: "esta fome universal derrota toda a cidade".

(42a) *marinheiro* — com o sentido de *comerciante.*

3

A fome me tem já mudo,
que é muda a boca esfaimada,
mas se a frota não traz nada,
por que razão leva tudo?
que o povo por ser sisudo
largue o ouro e largue a prata
a uma frota patarata,
que entrando co'a vela cheia,
o lastro que traz de areia,
por lastro de açúcar troca:
Ponto em boca.

4

Se quando vem para cá,
nenhum frete vem ganhar,
quando para lá tornar
o mesmo não ganhará:
quem o açúcar lhe dá
perde a caixa e paga o frete,
porque o ano não promete
mais negócio que perder:
o frete, por se dever,
a caixa, porque se choca.
Ponto em boca.

5

Ele tanto em seu abrigo,
e o povo todo faminto,
ele chora, e eu não minto,
se chorando vô-lo digo:
tem-me cortado o embigo
este nosso General,
por isso de tanto mal
lhe não ponho alguma culpa;
mas se merece desculpa
o respeito, a que provoca,
Ponto em boca.

6

Com justiça pois me torno
à câmara noss'Senhora,
que pois me trespassa agora,
agora leve o retorno:
praza a Deus, que o caldo morno,
que a mim me fazem ceiar
da má vaca do jantar,
por falta do bom pescado
lhes seja em cristéis lançado; (43)
mas se a saúde lhes toca:
Ponto em boca.

---

(43) *cristéis* — *cristel,* forma popular de *clister:* "injeção de água simples ou de algum medicamento líquido no reto".

BENZE-SE O POETA DE VÁRIAS AÇÕES QUE OBSERVA NA SUA PÁTRIA

LETRAS

1

Destes que campam no mundo
sem ter engenho profundo,
e, entre gabos dos amigos,
os vemos em papa-figos ([44])
sem tempestade, nem vento:
Anjo Bento.

2

De quem com letras secretas
tudo o que alcança é por tretas, ([45])
baculejando ([46]) sem pejo,
por matar o seu desejo,
desde a manhã té a tarde:
Deus me guarde.

3

Do que passeia farfante,
muito prezado de amante,
por fora luvas, galões,
insígnias, armas, bastões,
por dentro pão bolorento:
Anjo Bento.

---

(44) *papa-figos* — *ir a nau em papa-figos:* com as velas grandes soltas; metáfora da vaidade, imagem barroca que ocorre várias vezes em Gregório de Matos.

(45) *tretas* — ardis, manhas, estratagemas astuciosos.

(46) *baculejando* — neologismo derivado de *bacular:* adular, lisonjear (?).

4

Destes beatos fingidos,
cabisbaixos, encolhidos,
por dentro fatais maganos,
sendo nas caras uns Janos, (47)
que fazem do vício alarde:
Deus me guarde.

5

Que vejamos teso andar,
quem mal sabe engatinhar,
muito inteiro e presumido,
ficando o outro abatido
com maior merecimento:
Anjo Bento.

6

Destes avaros mofinos,
que põem na mesa pepinos
de toda a iguaria isenta,
com seu limão e pimenta,
porque diz que queima e arde:
Deus me Guarde.

7

Que pregue um douto sermão
um alarve, um asneirão,
e que esgrima em demasia
quem nunca lá na Sofia (48)
soube por um argumento:
Anjo Bento.

---

(47) *Janos* — *Jano:* divindade romana que, favorecido por Saturno, teria sido dotado de uma extraordinária sagacidade, sendo capaz de ver o passado e o futuro; no texto, os "beatos fingidos", "por dentro fatais maganos", posam de *Janos,* isto é, de exemplos de virtude e descortino.

(48) *Sofia* — está por *sofística,* com o sentido de domínio da retórica, da eloqüência, da argumentação.

8

Desse santo emascarado,
que fala do meu pecado,
e se tem por Santo Antônio,
mas em lutas com o demônio
se mostra sempre cobarde:
Deus me guarde.

9

Que atropelando a justiça
só com virtude postiça,
se premeie o delinqüente,
castigando o inocente
por um leve pensamento:
Anjo Bento.

REDARGUE O POETA A DOUTRINA OU MÁXIMA DO BEM VIVER, QUE MUITOS POLÍTICOS SEGUEM, DE ENVOLVER-SE NA CONFUSÃO DE HOMENS PERDIDOS E NÉSCIOS, PARA PASSAR COM MENOS INCÔMODO ESTA HUMANA VIDA

DÉCIMAS

1

Que néscio que era eu então,
quando o cuidava, o não era!
Mas o tempo, a idade, a era
puderam mais que a razão:
fiei-me na discrição,
e perdi-me, em que me pês, (49)
e agora dando ao través,
vim no cabo a conhecer (50)
que o tempo veio a fazer
o que a razão nunca fez.

2

O tempo me tem mostrado,
que, por me não conformar
com o tempo e c'o lugar,
estou de todo arruinado:
na política de estado
nunca houve princípios certos,
e posto que homens espertos
alguns documentos deram,
tudo o que nisto escreveram
são contingentes acertos.

(49) *em que me pês* — em que me pese.
(50) *conhecer* — James Amado, *Obras completas,* II, p. 446, registra *entender.*

3

Muitos por vias erradas
têm acertos mui perfeitos,
muitos por meios direitos
não dão sem erro as passadas:
coisas tão disparatadas
obra-as a sorte importuna,
que de indignos é coluna.
E se me há de ser preciso
lograr fortuna sem siso,
eu renuncio à fortuna.

4

Para ter por mim bons fados
escuso discretos meios,
que há muitos burros sem freios
e mui bem afortunados:
logo os que andam bem livrados,
não é própria diligência:
é o céu e sua influência,
são forças do fado puras,
que põem mentidas figuras
do teatro da prudência.

5

De diques de água cercaram
esta nossa cidadela,
todos se molharam nela,
e todos tontos ficaram:
eu, a quem os céus livraram
desta água, fonte da asnia,
fiquei são da fantasia
por meu mal, pois nestes tratos
entre tantos insensatos
por sisudo eu só perdia.

6

Vinham tontos ([51]) em manada
um simples, outro doudete,
este me dava um moquete, ([52])
aqueloutro uma punhada:
tá, que sou pessoa honrada,
e um homem de entendimento;
qual honrado, ou qual talento?
foram-me pondo num trapo,
vi-me tornado um farrapo,
porque um tolo fará cento.

7

Considerei logo então
os baldões ([53]) que padecia,
vagarosamente um dia
com toda a circunspeção:
assentei por conclusão
ser duro de os corrigir,
e livrar do seu poder,
dizendo com grande mágoa:
se me não molho nesta água,
mal posso entre estes viver.

8

Eia! estamos na Bahia,
onde agrada a adulação,
onde a verdade é baldão,
e a virtude hipocrisia:
sigamos esta harmonia
de tão fátua consonância,
e inda que seja ingnorância
seguir erros conhecidos,
sejam-me a mim permitidos,
se em ser besta está a ganância.

---

(51) *tontos* — James Amado, *Obras completas,* II, p. 448, registra *todos.*

(52) *moquete* — está por *mosquete,* termo familiar que significa bofetada, tabefe dado com as costas das mãos.

(53) *baldões* — vexames, afrontas vergonhosas.

9

Alto pois com planta presta
me vou ao Dique botar,
e ou me hei de nele afogar,
ou também hei de ser besta:
do bico do pé à testa
lavei as carnes e os ossos:
ei-los vêm com alvoroços
todos para mim correndo,
ei-los me abraçam dizendo:
"agora sim que é dos nossos".

10

Dei por besta em mais valer,
um me serve, outro me presta;
não sou eu de todo besta,
pois tratei de o parecer:
assim vim a merecer
favores e aplausos tantos
pelos meus néscios encantos,
que enfim, e por derradeiro,
fui galo de seu poleiro,
e lhes dava os dias santos.

11

Já sou na terra bem visto,
louvado e engrandecido,
já passei de aborrecido
ao auge de ser benquisto:
já entre os grandes me alisto,
e amigos são quantos topo:
estou fábula de Esopo ([54])
vendo falar animais,
e falando eu que eles mais,
bebemos todos num copo.

(54) *Esopo* — fabulista grego do séc. VII-VI a.C.

12

Seja pois a conclusão,
que eu me pus aqui a escrever
o que devia fazer,
mas que tal faça, isso não:
decrete a divina mão,
influam malignos fados,
seja eu entre os desgraçados
exemplo de desventura:
não culpem minha cordura,
que eu sei que são meus pecados.

QUEIXA-SE A BAHIA POR SEU BASTANTE PROCURADOR, CONFESSANDO QUE AS CULPAS, QUE LHE INCREPAM, NÃO SÃO SUAS, MAS SIM DOS VICIOSOS MORADORES QUE EM SI ALVERGA

ROMANCE

Já que me põem a tormento
murmuradores nocivos,
carregando sobre mim
suas culpas e delitos:

Por crédito de meu nome,
e não por temer castigo,
confessar quero os pecados
que faço, e que patrocino.

E se alguém tiver a mal
descobrir este sigilo,
não me infame que eu serei
pedra em poço, ou seixo em rio.

Sabei, céu, sabei, estrelas,
escutai, flores, e lírios,
montes, serras, peixes, aves,
lua, sol, mortos e vivos:

Que não há nem pode haver,
desde o Sul ao Norte frio,
cidade com mais maldades,
nem província com mais vícios

Do que sou eu, porque em mim
recopilados e unidos
estão juntos quantos têm
mundos, e reinos distintos.

Tenho Turcos, tenho Persas,
homens de nação ímpios,
Mogores, Armênios, Gregos,
infiéis e outros gentios.

Tenho ousados Mermidônios,
tenho Judeus, tenho Assírios,
e de quantas seitas há
muito tenho, e muito abrigo.

E senão digam aqueles
prezados de vingativos,
que santidade têm mais
que um Turco e que um Moabito?

Digam idólatras falsos,
que estou vendo de contínuo
adorarem ao dinheiro,
gula, ambição e amoricos!

Quantos com capa cristã
professam o judaísmo,
mostrando hipocritamente
devoção à Lei de Cristo!

Quantos com pele de ovelha
são lobos enfurecidos,
ladrões, falsos, aleivosos,
embusteiros e assassinos!

Estes, por seu mau viver,
sempre péssimo e nocivo,
são os que me acusam danos,
e põem labéus inauditos.

Mas o que mais me atormenta
é ver que os contemplativos,
sabendo da minha inocência,
dão a seu mentir ouvidos.

Até os mesmos culpados
têm tomado por capricho,
para mais me difamarem,
porem pela praça escritos,

Onde escrevem sem vergonha
não só brancos, mas mestiços,
que para os bons sou inferno,
e para os maus paraíso.

Ó velhacos insolentes,
ingratos, mal procedidos!
Se eu sou essa que dizeis,
porque não largais meu sítio?

Por que habitais em tal terra,
podendo em melhor abrigo?
eu pego em vós? eu vos rogo?
respondei! dizei, malditos!

Mandei acaso chamar-vos,
ou por carta, ou por aviso?
não viestes para aqui
por vosso livre alvedrio?

A todos não dei entrada,
tratando-vos como a filhos?
que razão tendes agora
de difamar-me atrevidos?

Meus males, de quem procedem?
não é de vós? claro é isso:
que eu não faço mal a nada
por ser terra e mato arisco.

Se me lançais má semente
como quereis fruto limpo?
lançai-a boa, e vereis
se vos dou cachos opimos.

Eu me lembro que algum tempo
(isto foi no meu princípio)
a semente que me davam
era boa e de bom trigo.

Por cuja causa meus campos
produziam pomos lindos,
de que ainda se conservam
alguns remotos indícios.

Mas depois que vós viestes
carregados, como ouriços,
de sementes invejosas
e legumes de maus vícios;

Logo declinei convosco,
e tal volta tenho tido,
que o que produzia rosas
hoje só produz espinhos.

Mas para que se conheça
se falo verdade ou minto,
e quanto os vossos enganos
têm difamado o meu brio:

Confessar quero de plano,
o que encubro por servir-vos,
e saiba quem me moteja
os prêmios que ganho nisso.

Já que fui tão pouco atenta,
que a luz da razão e o siso
não só quis cegar por gosto,
mas ser do mundo ludíbrio.

Vós me ensinastes a ser
das inconstâncias arquivo,
pois nem as pedras que gero
guardam fé aos edifícios.

Por vosso respeito dei
campo franco e grande auxílio
para que se quebrantassem
os mandamentos divinos.

Cada um por suas obras
verá contra quem me explico,
sem andar excogitando,
para quem se aponta o tiro.

Preceito 1

Que de quilombos que tenho
com mestres superlativos,
nos quais se ensina de noite
os calundus e feitiços!

Com devoção os freqüentam
mil sujeitos femininos,
e também muitos barbados,
que se prezam de narcisos.

Ventura dizem que buscam
(não se viu maior delírio!);
Eu, que os ouço e vejo, calo
por não poder diverti-los.

O que sei é que em tais danças
Satanás anda metido,
e que só tal padre-mestre
pode ensinar tais delírios.

Não há mulher desprezada,
galã desfavorecido,
que deixe de ir ao quilombo
dançar o seu bocadinho.

E gastam belas patacas
com os mestres do cachimbo,
que são todos jubilados
em depenar tais patinhos.

E quando vão confessar-se,
encobrem aos padres isto,
porque o têm por passatempo,
por costume, ou por estilo.

Em cumprir as penitências
rebeldes são e remissos,
e muito pior se as tais
são de jejuns ou cilícios.

A muitos ouço gemer
com pesar muito excessivo,
não pelo horror do pecado,
mas sim por não consegui-lo.

PRECEITO 2

No que toca aos juramentos
de mim para mim me admiro,
por ver a facilidade
com que os vão dar a juízo,

Ou porque ganham dinheiro,
por vingança, ou pelo amigo,
e sempre juram conformes
sem discreparem do artigo.

Dizem que falam verdade,
mas eu, pelo que imagino,
nenhum creio que a conhece,
nem sabe seus aforismos.

Até nos confessionários
se justificam mentindo
com pretextos enganosos
e com rodeios fingidos.

Também aqueles a quem
dão cargos, e dão ofícios,
suponho que juram falso,
por conseqüências que hei visto.

Prometem guardar direito,
mas nenhum segue este fio,
e por seus rodeios tortos
são confusos labirintos.

Honras, vidas e fazendas
vejo perder de contínuo,
por terem como em viveiro
estes falsários metidos.

PRECEITO 3

Pois no que toca a guardar
dias santos e domingos,
ninguém vejo em mim que os guarde,
se tem em que ganhar jimbo.

Nem aos míseros escravos
dão tais dias de vazio,
porque nas leis do interesse
é preceito proibido.

Quem os vê ir para o templo
com as contas e os livrinhos
de devoção, julgará
que vão p'ra ver a Deus Trino;

Porém tudo é mero engano,
porque se algum recolhido
ouve missa é perturbado
desses, que vão por ser vistos. ([55])

E para que não pareça
aos que escutam o que digo
que há mentira no que falo
com a verdade me explico:

Entra um destes pela igreja,
sabe Deus com que sentido,
e faz um sinal da cruz
contrário ao do catecismo.

---

(55) *vistos* — variante de James Amado, *Obras completas*, I, p. 17: "porque se alguns escolhidos/ouvem missa, é perturbados/desses, que vão por ser vistos".

Logo se põe de joelhos,
não como servo rendido,
mas em forma de besteiro,
C'um pé no chão, outro erguido.

Para os altares não olha,
nem para os Santos no nicho,
mas para quantas pessoas
vão entrando e vão saindo.

Gastam nisto o mais do tempo,
e o que resta, divertidos
se põem em conversação
com os que estão mais propínquos.

Não contam vidas de Santos,
nem exemplos do Divino,
mas sim muita patarata
do que não há, nem tem sido.

Pois se há sermão, nunca o ouvem,
porque ou se põem de improviso
a cochilar com negros,
ou se vão escapulindo.

As tardes passam nos jogos,
ou no campo divertidos
em murmurar dos governos,
dando leis e dando arbítrios.

As mulheres são piores,
porque se lhes faltam brincos,
manga a volá, [56] broche, troço,
ou saia de labirintos.

Não querem ir para a igreja,
seja o dia mais festivo,
mas em tendo essas alfaias,
saltam mais do que cabritos.

---

(56) *manga a volá* — um tipo de manga do vestuário feminino. Corruptela portuguesa do francês *voilée,* "manga com véu", ou "manga escondida" (?).

E se no Carmo repica,
ei-las lá vão rebolindo,
o mesmo para São Bento,
Colégio, ou São Francisco.

Quem as vir muito devotas,
julgará, sincero e liso,
que vão na missa e sermão,
a louvar a Deus com hinos.

Não quero dizer que vão
por dizer mal dos maridos,
dos amantes, ou talvez
cair em erros indignos.

Debaixo do parentesco,
que fingem pelo apelido,
mandando-lhes com dinheiro
muitos e custosos mimos.

PRECEITO 4

Vejo, que morrem de fome
os pais daqueles e os tios,
ou porque os vêem lavradores,
ou porque tratam de ofícios.

Pois que direi dos respeitos
com que os tais meus mancebinhos
tratam esses pais depois
que deixam de ser meninos?

Digam-no quantos o vêem,
que eu não quero repeti-lo,
a seu tempo direi como
criam estes morgadinhos.

Se algum em seu testamento
cerrado, ou nuncupativo,
a algum parente encarrega
sua alma ou legados pios:

Trata logo de enterrá-lo
com demonstrações de amigo,
mas passando o *resquiescat*, (57)
tudo se mate no olvido.

Da fazenda tomam posse,
até do menor caquinho,
mas para cumprir as deixas
adoecem de fastio.

E desta omissão não fazem
escrúpulo pequenino,
nem se lhes dá que o defunto
arda ou pene em fogo ativo.

E quando chega a apertá-los
o tribunal dos resíduos,
ou mostram quitações falsas,
ou movem pleitos renhidos.

Contados são os que dão
a seus escravos ensino,
e muitos nem de comer,
sem lhes perdoar serviço.

Oh! quantos e quantos há
de bigode fernandino,
que até de noite às escravas
pedem salários indignos!

Pois no modo de criar
aos filhos parecem símios,
causa por que os não respeitam
depois que se vêem crescidos.

Criam-nos com liberdade
nos jogos, como nos vícios,
persuadindo-lhes que saibam
tanger guitarra e machinho.

---

(57) *resquiescat* — da expressão latina *resquiescat in pace*, "repousa em paz"; no texto, "mas passando o *resquiescat*": terminados os ofícios fúnebres.

As mães por sua imprudência
são das filhas desperdício,
por não haver refestela,
onde as não levem consigo.

E como os meus ares são
muito coados e finos,
se não há grande recato
têm as donzelas perigo.

Ou as quebranta de amores
o ar de algum recadinho,
ou pelo frio da barra
saem co'o ventre crescido.

Então vendo-se opiladas,
se não é do santo vínculo,
para livrarem do achaque
buscam certos abortivos.

Cada dia o estou vendo,
e com ser isto sabido,
contadas são as que deixam
de amar estes precipícios.

Com o dedo a todas mostro
quanto indica o vaticínio,
e se não querem guardá-lo,
não culpem meu domicílio.

PRECEITO 5

Vamos ao quinto preceito,
Santo Antônio vá comigo,
e me depare algum meio,
para livrar do seu risco.

Porque suposto que sejam
quietos, mansos e benignos,
quantos pisam meus oiteiros,
montes, vales, e sombrios:

Pode suceder que esteja
algum áspide escondido
entre as flores, como diz
aquele provérbio antigo.

Faltar não quero à verdade,
nem dar ao mentir ouvidos,
o de César dê-se a César,
o de Deus a Jesus Cristo.

Não tenho brigas, nem mortes,
pendências, nem arruídos,
tudo é paz, tranqüilidade,
cortejo com regozijo.

Era dourada parece,
mas não é como eu a pinto,
porque debaixo deste ouro
tem as fezes escondido.

Que importa não dar aos corpos
golpes, catanadas, tiros,
e que só sirvam de ornato
espada e cotós limpos?

Que importa que não se enforquem
nem ladrões, nem assassinos,
falsários e maldizentes,
e outros a este tonilho;

Se debaixo desta paz,
deste amor falso e fingido,
há fezes tão venenosas
que o ouro é chumbo mofino?

É o amor um mortal ódio,
sendo todo o incentivo
a cobiça do dinheiro,
ou a inveja dos ofícios.

Todos pecam no desejo
de querer ver seus patrícios
ou da pobreza arrastados,
ou do crédito abatidos.

E sem outra causa mais
se dão a destra e sinistra,
pela honra e pela fama
golpes cruéis e infinitos.

Nem ao sagrado perdoam,
seja rei ou seja bispo,
ou sacerdote ou donzela
metida no seu retiro.

A todos enfim dão golpes
de enredos e mexericos,
tão cruéis e tão nefandos,
que os despedaçam em cisco.

Pelas mãos nada: porque
não sabem obrar no quinto;
mas pelas línguas não há
leões mais enfurecidos.

E destes valentes fracos
nasce todo o meu martírio,
digam todos os que me ouvem
se falo a verdade ou minto.

PRECEITO 6

Entremos pelos devotos
do nefando deus Cupido, ([58])
que também esta semente
não deixa lugar vazio.

---

(58) *Cupido* — deus do Amor, entre os romanos, identificado com o *Eros* grego; no texto, os "devotos do nefando deus Cupido" são aqueles, mais numerosos "do que as formigas", que se entregam às práticas amorosas na cidade da Bahia.

Não posso dizer quais são
por seu número infinito,
mas só digo que são mais
do que as formigas que crio.

Seja solteiro ou casado,
é questão, é já sabido,
não estar sem ter borracha, (59)
seja do bom ou mau vinho.

Em chegando a embebedar-se
de sorte perde os sentidos,
que deixa a mulher em couros, (60)
e traz os filhos famintos.

Mas a sua concubina
há de andar como um palmito,
para cujo efeito empenham
as botas com seus atilhos.

Elas por não se ocuparem
com costuras, nem com bilros,
antes de chegar aos doze
vendem o signo de Virgo.

Ouço dizer vulgarmente
(não sei é certo este dito)
que fazem pouco reparo
em ser caro ou baratinho.

O que sei é que em magotes
de duas, três, quatro e cinco,
as vejo todas as noites
sair de seus esconderijos.

---

(59) *borracha* — saco de couro para conter líquidos e, em especial, vinho; *ter borracha,* no texto, significa ficar bêbado (v. espanhol, *borrachera:* bebedeira).

(60) *deixa a mulher em couros* — *deixar em couros:* deixar nu, (fig.) na miséria, sem nada.

E como há tal abundância
desta fruita no meu sítio,
para ver se há quem as compre
dão pelas ruas mil giros.

E é para sentir o quanto
se dá Deus por ofendido,
não só por este pecado,
mas pelos seus conjuntivos;

como são cantigas torpes,
bailes e toques lascivos,
venturas e fervedouros,
pau de força e pucarinhos:

Quero entregar ao silêncio
outros excessos malditos, ([61])
como do pai Cazumbá,
Ambrósio e outros pretinhos.

Com os quais estas formosas
vão fazer infames brincos,
governadas por aqueles
que as trazem num cabrestinho.

PRECEITO 7

Já pelo sétimo entrando
sem alterar o tonilho,
digo que quantos o tocam
sempre o tiveram por crítico.

---

(61) *excessos malditos* — o trecho refere-se à união entre a sexualidade e as festividades, comuns na Bahia do séc. XVII, com suas "danças licenciosas ao som de violas e tambores, e onde se mesclavam monges e índios, negros e mulheres, nobres e o próprio vice-rei" (S. Spina, *Gregório de Matos,* Editora Assunção, p. 15).

Eu sou a que mais padeço
de seus efeitos malignos,
porque todos meus desdouros
pelo sétimo têm vindo.

Não falo (como lá dizem)
ao ar, ou *libere dicto,* ([62])
pois diz o mundo loquaz
que encubro mil latrocínios.

Se é verdade, eu o não sei,
pois acho implicâncias nisto,
porque o furtar tem dois verbos,
um *furor,* outro *surripio.* ([63])

Eu não vejo cortar bolsas,
nem sair pelos caminhos,
como fazem nas mais partes,
salvo alguns negros fugidos.

Vejo, que a forca ou picota
paga os altos de vazio, ([64])
e que o carrasco não ganha
nem dois réis para cominhos. ([65])

---

(62) *libere dicto* — lat., dito livremente; dito ao acaso, sem razão.

(63) *um furor, outro surripio* — os verbos latinos *furor* e *surripio* significam, de modo geral, roubar ou furtar. Na verdade, a dualidade verbal parece indicar nuance jurídica do roubo e do furto: a apropriação ilegal e violenta de algo, e a apropriação furtiva, que passa despercebida da vítima. Essa oposição justifica a seqüência do texto: na Bahia não há salteadores de estradas, assaltantes violentos, mas sim uma desonestidade tácita, permanentemente assimilada à própria vida pública de modo geral.

(64) *paga os altos de vazio* — *pagar os altos de vazio:* "carecer de miolos, ser tolo" (Moraes); entenda-se: na Bahia, onde é raro o roubo violento, os instrumentos de morte carecem de sentido, não servem para nada.

(65) *nem dois réis para cominhos* — quantidade de dinheiro que não paga nem os gastos mais ínfimos; o carrasco está desempregado, pois a ele não chegam ladrões.

Vejo, que nos tribunais
há vigilantes ministros,
e se houvera em mim tal gente,
andara à soga em contínuo. ([66])

Porém se disto não há,
com que razão ou motivo
dizem por aí que sou
um covil de latrocínios?

Será por verem que em mim
é venerado e querido
Santo Unhate, ([67]) irmão de Caco, ([67a])
porque faz muitos prodígios?

Sem questão deve de ser,
porque este Unhate maldito
faz uns milagres que eu mesma
não sei como tenho tino.

Pode haver maior milagre
(ouça bem quem tem ouvidos)
do que chegar um reinol
de Lisboa, ou lá do Minho;

---

(66) *andara à soga em contínuo* — estaria subjugado, dominado, reprimido; se houvesse tal tipo de ladrões (assaltantes), seriam justiçados por "vigilantes ministros".

(67) *Santo Unhate* — *unhate,* termo da gíria gregoriana que designa os "maganos", "reinóis degredados de Portugal por crimes, (...) emboabas que aqui chegavam 'descalços, rotos e despidos' e tornavam a Portugal com 'dinheiro e com navios'" (a explicação é de Segismundo Spina, *Gregório de Matos,* p. 28, v. bibliografia). Ironicamente, *Santo Unhate* aparece como a divindade que favoreceria os "milagres" do enriquecimento rápido (a palavra deriva de *unhar,* no sentido de furtar, apropriar-se do alheio, rapinar, surrupiar).

(67a) *Caco* — mit., filho de Vulcano. Roubou quatro bois e quatro vacas de Hércules enquanto este dormia e escondeu-os numa caverna, levando-os de marcha-a-ré para simular que saiam, ao invés de entrar nela. Como "irmão" de Santo Unhate, entra na linhagem mitológica dos ladrões, ironicamente.

Ou degredado por crimes,
ou por moço ao pai fugido,
ou por não ter que comer
no lugar onde é nascido:

E saltando no meu cais,
descalço, roto e despido,
sem trazer mais cabedal
que piolhos e assobios;

Apenas se oferece a Unhate
de guardar seu compromisso,
tomando com devoção
sua regra e seu bentinho,

Quando umas casas aluga
de preço e valor subido,
e se põe em tempo breve
com dinheiro, e com navios?

Pode haver maior portento,
nem milagre encarecido,
como de ver um mazombo
destes cá do meu pavio;

que sem ter eira, nem beira,
engenho ou juro sabido,
tem amiga e joga largo,
veste sedas, põe polvilhos?

Donde lhe vem isto tudo?
Cai do Céu? Tal não afirmo:
ou Santo Unhate lho dá,
ou do Calvário é prodígio.

Consultem agora os sábios,
que de mim fazem corrilhos, (68)
se estou ilesa da culpa,
que me dão sobre este artigo.

---

(68) *corrilhos* — mexericos.

Mas não quero repetir
a dor e o pesar que sinto,
por dar mais um passo avante
para o oitavo suplício.

PRECEITO 8

As culpas, que me dão nele,
são que em tudo o que digo
me aparto do verdadeiro
com ânimo fementido.

Muito mais é do que falo,
mas é grande barbarismo
quererem que pague a albarda
o que comete o burrinho. ([69])

Se por minha desventura
estou cheia de precitos,
como querem que haja em mim
fé, verdade, ou falar liso?

Se como atrás declarei,
se pusera cobro nisto,
a verdade aparecera
cruzando os braços comigo.

Mas como dos tribunais
proveito nenhum se há visto,
a mentira está na terra,
a verdade vai fugindo.

---

(69) *pague a albarda/o que comete o burrinho* — culpar a carroça pelos defeitos do animal, atribuir culpa a quem não a merece; no texto, longa prosopopéia em que a cidade da Bahia enumera o modo como se contrariam nela os dez mandamentos, a cidade se exime dos desmandos cometidos por seus habitantes.

O certo é que os mais deles
têm por gala e por capricho,
não abrir a boca nunca
sem mentir de fito a fito. (70)

Deixar quero os pataratas,
e tornando a meu caminho,
quem quiser mentir o faça,
que me não toca impedi-lo.

PRECEITO 9

Do nono não digo nada,
porque para mim é vidro,
e quem o quiser tocar
vá com o olho sobre aviso.

Eu bem sei que também trazem
o meu crédito perdido,
mas valha sem sê-lo *ex causa,* (71)
ou lhos ponham seus maridos.

Confesso que tenho culpas,
porém humilde confio,
mais que em riquezas do mundo,
da virtude num raminho.

PRECEITO 10

Graças a Deus que cheguei
a coroar meus delitos
com o décimo preceito
no qual tenho delinqüido.

---

(70) *fito a fito* — a cada passo.
(71) *ex causa* — lat., por algum motivo.

Desejo que todos amem,
seja pobre ou seja rico,
e se contentem com a sorte
que têm e estão possuindo.

Quero finalmente que
todos quantos têm ouvido,
pelas obras que fizerem
vão para o Céu direitinhos.

FINGINDO O POETA QUE ACODE PELAS HONRAS DA CIDADE, ENTRA A FAZER JUSTIÇA EM SEUS MORADORES, SIGNALANDO-LHES OS VÍCIOS, EM QUE ALGUNS DELES SE DEPRAVAVAM

DÉCIMAS

1

Uma cidade tão nobre,
uma gente tão honrada,
veja-se um dia louvada
desde o mais rico ao mais pobre:
Cada pessoa o seu cobre,
mas se o diabo me atiça,
que indo a fazer-lhe justiça
algum saia a justiçar,
não me poderão negar,
que por direito, e por lei
esta é a justiça, que manda El-Rei.

2

O fidalgo de solar
se dá por envergonhado
de um tostão pedir prestado
para o ventre sustentar:
diz que antes o quer furtar
por manter a negra honra,
que passar pela desonra,
de que lhe neguem talvez;
mas se o virdes nas galés [72]
com honras de Vice-Rei,
esta é a justiça, que manda El-Rei.

(72) *galés* — condenação de remar nas galés, foi substituída depois pela pena de trabalhos forçados públicos, sentido este que aparece no texto.

3

A donzela embiocada,
mal trajada e mal comida,
antes quer na sua vida
ter saia, que ser honrada:
à pública amancebada
por manter a negra honrinha,
e se lho sabe a vizinha,
e lho ouve a clerezia,
dão com ela na enxovia,
e paga a pena da lei:
esta é a justiça, que manda El-Rei.

4

A casada com adorno,
e o marido mal vestido,
crede, que este tal marido
penteia monho de corno: ([73])
se disser pelo contorno,
que se sofre a Fr. Tomás,
por manter a honra o faz,
esperai pela pancada,
que com carocha pintada ([74])
de Angola há de ser Visrei:
esta é a justiça, que manda El-Rei.

---

(73) *penteia monho de corno* — *monho:* rolo de cabelo natural; a expressão "pentear monho de corno" parece indicar que o marido, ao pentear o cabelo, está penteando chifres.

(74) *carocha pintada* — mitra de papel com pinturas que se punham nos réus, para humilhá-los; entenda-se: "há de ser Visrei de Angola com carocha pintada", i.e., será deportado. *Carocha* é também um inseto negro de seis pés e "dois corninhos delgados" (!).

5

Os letrados peralvilhos
citando o mesmo doutor
a fazer de Réu, o Autor
comem de ambos os carrilhos: [75]
se se diz pelos corrilhos
sua prevaricação,
a desculpa, que lhe dão,
é a honra de seus parentes,
e entonces [76] os requerentes
fogem desta infame grei:
esta é a justiça, que manda El-Rei.

6

O clérigo julgador,
que as causas julga sem pejo,
não reparando, que eu vejo,
que erra a lei, e erra o doutor:
quando vêem de Monsenhor
a sentença revogada
por saber que foi comprada
pelo jimbo, ou pelo abraço,
responde o juiz madraço,
minha honra é minha lei:
esta é a justiça, que manda El-Rei.

---

(75) *comem de ambos os carrilhos* — "auferem duplos proventos", aproveitam-se daquilo que negam.

(76) *entonces* — esp., então.

7

O mercador avarento,
quando a sua compra estende,
no que compra, e no que vende,
tira duzentos por cento:
não é ele tão jumento
que não saiba que em Lisboa
se lhe há de dar na gamboa; ([77])
mas comido já o dinheiro
diz que a honra está primeiro,
e que honrado a toda lei:
esta é a justiça, que manda El-Rei.

8

A viúva autorizada,
que não possui um vintém,
porque o marido de bem
deixou a casa empenhada:
ali vai a fradalhada,
qual formiga em correição,
dizendo que à casa vão
manter a honra da casa,
se a virdes arder em brasa,
que ardeu a honra entendeis:
esta é a justiça, que manda El-Rei.

(77) *gamboa* — a interpretação é variável; *gamboa* está dicionarizado como "árvore de Angola", podendo significar, metoninicamente, deportação; tem também o sentido de "cercado à entrada dos esteiros para apanhar peixe", como metáfora de prisão. Nos dois casos, entender-se-ia: o "mercador avarento", que "tira duzentos por cento" no Brasil, sabe que em Lisboa tais excessos não seriam tolerados (?). Gamboa (como nome próprio, no entanto) designava também uma fortificação existente na cidade.

9

O Adônis da manhã,
o Cupido em todo o dia, [78]
que anda correndo a coxia
com recadinhos da Irmã:
e se lhe cortam a lã,
diz que anda naquele andar
por a honra conservar
bem tratado, e bem vestido,
eu o verei tão despido,
que até as costas lhe verei:
esta é a justiça, que manda El-Rei.

10

Se virdes um Dom Abade
sobre o púlpito cioso,
não lhe chameis religioso,
chamai-lhe embora de frade:
e se o tal Paternidade
rouba as rendas do convento
para acudir ao sustento
da puta, como da peita, [79]
com que livra da suspeita
do Geral, do Viso-Rei:
esta é a justiça, que manda El-Rei.

---

(78) *O Adônis da manhã, / o Cupido em todo o dia* — *Adônis,* divindade fenícia assimilada pelos gregos, representa o ideal da beleza masculina; *Cupido,* deus do Amor. As duas referências mitológicas aludem ironicamente ao amante e ao mensageiro amoroso, que freqüentam o convento.

(79) *peita* — suborno (v. nota 81).

DEFINE A SUA CIDADE

MOTE

De dous ff se compõe
esta cidade a meu ver
um furtar, outro foder.

GLOSA

1

Recopilou-se o direito,
e quem o recopilou
com dous ff o explicou
por estar feito, e bem feito:
por bem digesto, e colheito,
só com dous ff o expõe,
e assim quem os olhos põe
no trato, que aqui se encerra,
há de dizer que esta terra
De dous ff se compõe.

2

Se de dous ff composta
está a nossa Bahia,
errada a ortografia
a grande dano está posta:
eu quero fazer aposta,
e quero um tostão perder,
que isso a há de perverter,
se o *furtar* e o *foder* bem
não são os ff que tem
Esta cidade a meu ver.

3

Provo a conjetura já
prontamente com um brinco:
Bahia tem letras cinco
que são BAHIA,
logo ninguém me dirá
que dous ff chega a ter,
pois nenhum contém sequer,
salvo se em boa verdade
são os ff da cidade
um furtar, outro foder.

Se sois homem valoroso,
Dizem que sois temerário,
Se valente, espadachim,
E atrevido, se esforçado.

Se resoluto, — arrogante,
Se pacífico, sois fraco,
Se precatado, — medroso,
E se o não sois, — confiado.

Se usais justiça, um Herodes, ([80])
Se favorável, sois brando,
Se condenais, sois injusto,
Se absolveis, estais peitado. ([81])

Se vos dão, ([82]) sois um covarde,
E se dais, sois desumano,
Se vos rendeis, sois traidor,
Se rendeis, — afortunado.

Se sois plebeus, sois humilde,
Soberbo, se sois fidalgo,
Se sois segundo, ([83]) sois pobre,
E tolo se sois morgado. ([84])

Se galeais, ([85]) sois fachada, ([86])
E se não — não sois bizarro, ([87])

---

(80) *Herodes* — Rei da Judéia, que reinou de 39 ao ano 4 antes de Cristo, odiado pelos judeus, em virtude de sua crueldade, e famoso pela degolação dos *inocentes* (as notas referentes ao poema "Reprovações", que vão de 80 a 93, são, basicamente, as notas de Segismundo Spina) (v. bibliografia).

(81) *peitado* — corrupto por peita, isto é, pago para que faça alguma coisa ilícita, subornado.

(82) *se vos dão* — se vos batem.

(83) *segundo* — diz-se em português: pão segundo, para o pão ordinário. Pode significar inferior, do que se conclui a expressão portuguesa: *não ser segundo a nenhum*, não ser inferior a outrem.

(84) *morgado* — filho primogênito, herdeiro dos bens vinculados.

(85) *galeais* — *galear:* namorar, galantear.

(86) *fachada* — ostentoso, de boa presença.

(87) *bizarro* — está no sentido vernáculo de: gentil, bem apessoado.

Se vestis bem, sois grã-moda, (88)
Se mal vestis, sois um trapo.
Se comeis muito, guloso,
E faminto, se sois parco,
Se comeis bem, regalão,
E se mal, nunca sois farto.
Se não sofreis, imprudente,
Se sofreis, sois um coitado,
Se perdoais, sois bom homem,
E se não sois — um tirano.
Se brioso, tendes fumos, (89)
E se não, sois homem baixo,
Se sois sério, descortês,
Se cortês, afidalgado.
Se defendeis, sois amigo,
Se o não fazeis, sois contrário, (90)
Se sois amigo, suspeito,
Se o não sois, — afeiçoado.
Se obrais mal, sois ignorante,
Se bem obrais, foi acaso,
Se não servis, sois isento,
E se servis, sois criado.
Se virtuoso, — fingido,
E hipócrita se beato,
Se zeloso, — impertinente,
E se não, sois um pastrano.
Se sois sisudo, — intratável,
Se sois devoto, sois falso,
Pertinaz, se defendente,
Se arguinte, porfiado.
Se discreto, — preverido,
E se não, sois insensato,
Se sois modesto, sois simples,
E se o não sois, sois um diabo.

---

(88) *grã-moda* — granfino.
(89) *fumos* — soberba, vaidade, presunção.
(90) *contrário* — inimigo, antagonista.

Se sois gracioso, sois fátuo,
E se não sois, um marmanjo,
Se sois agudo, — tresledes, ([91])
E se o não sois, sois um asno.

Se não compondes, sois néscio,
Se escreveis, sois censurado,
Se fazeis versos, sois louco,
E se o não fazeis, sois parvo.

Se previsto, — feiticeiro,
E se não, desmazelado,
Se verdadeiro, — bom homem,
Muito humilde, se sois lhano.

Se robusto, sois grosseiro,
Se dedicado, sois brando,
Se descansado, — ocioso,
Se para pouco, sois tranco.

Se sois gordo, sois balofo,
Sois tísico, se sois magro,
Se pequeno, sois anão,
E gigante, se sois alto.

Se sois nobre, sois pelão, ([92])
E se oficial, sois baixo,
Se solteiro, — extravagante,
Se noivo, sois namorado.

Se corado, figadal,
Descorado, se sois alvo,
Se grande nariz, — judeu,
Se trigueiro, sois mulato.

Se liberal, sois perdido,
E se o não sois, sois escasso,
Se sois pródigo, vicioso,
E avarento, se poupado.

Se não despendeis, — mesquinho,
Se despendeis, sois mui largo,

---

(91) *tresledes* — *tresler:* querer saber mais do que se cumpre.

(92) *pelão* — hoje desusado: diz-se do ricaço de pouca inteligência. Magnatas de segunda ordem, janotas.

Se não gastais, — miserável,
Se gastais, — esperdiçado.

Se honesto sois, não sois homem,
Impotente, se sois casto,
Se não namorais, fanchono, (93)
Se o fazeis, sois estragado.

Se não luzis, não sois gente,
Se luzis, sois mui pregado,
Se pedis, sois pobretão,
E se não, fazeis Calvários.

Se andais devagar, — mimoso,
Se depressa, sois cavalo,
Mal encarado, se feio,
Se gentil, efeminado.

Se falais muito, palreiro,
Se falais pouco, sois tardo,
Se em pé, não tendes assento,
Preguiçoso, se assentado.

E assim não pode viver
Neste Brasil infestado,
Segundo o que vos refiro
Quem não seja reprovado.

(93) *fanchono* — efeminado, mole.

AOS PRINCIPAIS DA BAHIA CHAMADOS OS CARAMURUS

SONETO

Há coisa como ver um Paiaiá (94)
Mui prezado de ser Caramuru,
Descendente do sangue de tatu,
Cujo torpe idioma é Cobepá? (95)

A linha feminina é Carimá (96)
Muqueca, pititinga, (97) caruru,
Mingau de puba, vinho de caju
Pisado num pilão de Pirajá.

A masculina é um Aricobé, (98)
Cuja filha Cobé, (99) c'um branco Paí
Dormiu no promontório de Passé.

O branco é um Marau que veio aqui:
Ela é uma índia de Maré;
Cobepá, Aricobé, Cobé, Paí.

---

(94) *Paiaiá* — pajé (as notas referentes ao soneto seguinte, "Há coisa como ver um Paiaiá" estão baseadas, também, em S. Spina).

(95) *Cobepá* — dialeto da tribo cobé, que habitava as cercanias da cidade.

(96) *Carimá* — bolo feito de mandioca-puba, i.e., posta de molho, utilizada para o mingau.

(97) *pititinga* — espécie de peixes pequeninos.

(98) *Aricobé* — cobé (nome de uma tribo de índios progenitores do Paiaiá, a que se refere o poeta).

(99) *Cobé* — palavra que Gregório empregava para designar os descendentes dos indígenas, pois no seu tempo o termo *tupi* não estava generalizado.

AO MESMO ASSUNTO

SONETO

Um paiá de Monai, bonzo bramá ([100])
Primaz da cafraria do Pegu,
Quem sem ser do Pequim, por ser do Acu,
Quer ser filho do sol, nascendo cá.

Tenha embora um avô nascido lá,
Cá tem três pela costa do Cairu,
E o principal se diz Paraguaçu,
Descendente este tal de um Guinamá.

Que é fidalgo nos ossos cremos nós,
Pois nisso consistia o mor brasão
Daqueles que comiam seus avós. ([101])

E como isto lhe vem por geração,
Tem tomado por timbre em seus teirós ([102])
Morder nos que provêm de outra nação.

---

(100) *bonzo bramá* — sacerdote budista, natural do reino de Bramá, ou Birmânia. O poeta estabelece uma oposição irônica entre a suposta ascendência exótica do seu personagem, e a ascendência real: "Que sem ser do Pequim, por ser do Acu, / Quer ser filho do sol, nascendo cá." James Amado registra uma variante no primeiro verso: "Um Rolim de Monai", e dá como título: "A Cosme Moura Rolim insigne mordaz contra os filhos de Portugal" (*Obras completas*, IV, p. 842).

(101) *Daqueles que comiam seus avós* — o personagem satirizado não pertence a uma nobreza de brasão: sua fidalguia foi assimilada por via antropofágica, graças a seus avós indígenas.

(102) *teirós* — teima, má vontade; sua nobreza (timbre) está, como em seus antepassados, em *morder*, dessa vez metaforicamente, "os que provêm de outra nação": falar mal, atacá-los mordazmente.

AO MESMO ASSUNTO

SONETO

Um calção de pindoba, ([103]) a meia zorra, ([104])
Camisa de urucu, ([105]) mantéu de arara,
Em lugar de cotó, ([106]) arco e taquara,
Penacho de guarás, em vez de gorra.

Furado o beiço, e sem temor que morra
O pai, que lho envasou cuma titara, ([107])
Porém a Mãe a pedra lhe aplicara
Por reprimir-lhe o sangue que não corra.

Alarve sem razão, bruto sem fé,
Sem mais leis que a do gosto, quando erra,
De Paiaiá tornou-se em abaité. ([108])

Não sei onde acabou, ou em que guerra:
Só sei que deste Adão de Massapé
Procedem os fidalgos desta terra.

---

(103) *pindoba* — palmeira, coqueiro.

(104) *zorra* — Péricles Eugênio da Silva Ramos supõe: caindo (*Poesia barroca,* p. 51) (v. bibliografia).

(105) *camisa de urucu* — o corpo pintado de vermelho, com a tinta do fruto.

(106) *cotó* — espada curta.

(107) *titara* — nome de palmeira, aqui vareta.

(108) *abaité* — gente feia, repelente.

CONSELHOS A QUALQUER TOLO PARA PARECER FIDALGO, RICO E DISCRETO

SONETO

Bote a sua casaca de veludo,
E seja capitão sequer dois dias,
Converse à porta de Domingos Dias,
Que pega fidalguia mais que tudo.

Seja um magano, um pícaro, um cornudo, (109)
Vá a palácio, e após das cortesias
Perca quanto ganhar nas mercancias,
E em que perca o alheio, esteja mudo.

Sempre se ande na caça e montaria,
Dê nova solução, (110) novo epíteto,
E diga-o, sem propósito, à porfia;

Que em dizendo: "facção, pretexto, efecto"
Será no entendimento da Bahia
Mui fidalgo, mui rico, e mui discreto.

---

(109) *cornudo* — James Amado registra "um pícaro abelhudo" (*Obras completas,* IV, p. 838).
(110) *solução* — James Amado registra *locução.*

AO MESMO SUJEITO PELOS MESMOS ATREVIMENTOS

SONETO

Faça mesuras de A, com pé direito,
Os beija-mãos de gafador de pela;
Saiba a todo o cavalo a parentela,
O criador, o dono e o defeito.

Se o não souber, e vir rocim de jeito,
Chame o lacaio, e, posto na janela,
Mande que lho passeie à mor cautela,
Que inda que o não entenda, se há respeito.

Saia na armada, e sofra paparotes,
Damas ouça tanger, não as fornique,
Lembre-lhe sempre a quinta, o potro, o galgo:

Que com isto, e o favor de quatro asnotes
De bom ouvir e crer, se porá a pique ([111])
De um dia amanhecer um grão fidalgo.

(111) *se porá a pique de* — estará arriscado a.

CONSELHO PARA QUEM QUISER VIVER NA BAHIA ESTIMADO, E PROCURADO DE TODOS

SONETO

Quem cá quiser viver, seja um Gatão;
Infeste a terra toda, e invada os mares;
Seja um Chegay, ou um Gaspar Soares;
E por si terá toda a Relação.

Sobejar-lhe-á na mesa vinho e pão,
E tenha os que lhe dou por exemplares,
Que a vida passará sem ter pesares,
Assim como os não tem Pedro de Unhão.

Quem cá se quer meter a ser sisudo,
Um Gil nunca lhe falta que o persiga;
E é mais aperreado que um cornudo.

Coma, beba, e mais furte, e tenha amiga,
Porque o nome d'El-Rei dá para tudo
A todos que El-Rei trazem na barriga.

À DESPEDIDA DO MAU GOVERNO QUE FEZ ESTE GOVERNADOR

SONETO

Senhor Antão de Sousa de Meneses,
Quem sobe a alto lugar, que não merece,
Homem sobe, asno vai, burro parece,
Que o subir é desgraça muitas vezes.

A fortunilha autora de entremezes, ([112])
Transpõe em burro o herói, que indigno cresce:
Desanda a roda, e logo o homem desce,
Que é discreta a fortuna em seus reveses.

Homem sei eu que foi Vossenhoria,
Quando o pisava da fortuna a roda, ([113])
Burro foi ao subir tão alto clima.

Pois vá descendo do alto, onde jazia;
Verá quanto melhor se lhe acomoda
Ser home em baixo, do que burro em cima.

---

(112) *entremezes* — composições teatrais breves, dramáticas, burlescas ou jocosas, que serviam de entreatos das comédias ou tragédias.

(113) *da fortuna a roda: roda da fortuna,* ou da *fortunilha:* imposições do destino; entenda-se: a mesma que guinda o personagem a uma alta posição, e que depois o atira novamente ao solo.

RETRATO DO GOVERNADOR ANTÔNIO LUÍS DA CÂMARA COUTINHO (114)

Vá de retrato
por consoantes, (115)
que eu sou Timantes (116)
de um nariz de tucano
    pés de pato.
Pelo cabelo
começo a obra
que o tempo sobra
para pintar a giba
    do camelo.
Causa-me engulho
o pelo untado,
que de molhado
parece que sai sempre
    de mergulho.
Não pinto as faltas
dos olhos baios,
que versos raios
nunca ferem (117) senão
    a coisas altas.
Mas a fachada
da sobrancelha
se me assemelha
a uma negra vassoura
    esparramada.

---

(114) *Antônio Luís da Câmara Coutinho* — Almotacé-Mór do Reino, governou a Bahia de outubro de 1690 a maio de 1694. O título da edição de Afrânio Peixoto indica que se trata de um retrato feito por ocasião da despedida do governador, o que esclarece o sentido dos versos finais do poema.

(115) *consoantes* — versos consoantes, que rimam a partir do último acento tônico.

(116) *Timantes* — pintor grego do século IV a.C.; aqui está como metonímia do pintor, i.e., o próprio poeta enquanto *retratista* do governador Antônio Luís, com seu "nariz de tucano", e seus "pés de pato".

(117) *ferem* — James Amado registra *foram* (*Obras completas*, I, p. 219).

Nariz de embono
com tal sacada,
que entra na escada
duas horas primeiro
que seu dono.

Nariz que fala
longe do rosto,
pois na Sé posto
na Praça manda por
a guarda em ala.

Membro de olfatos,
mas tão quadrado
que um rei coroado
o pode ter por copa
de cem pratos.

Tão temerário
é o tal nariz,
que por um triz
não ficou cantareira
de um armário.

Você perdoe,
nariz nefando,
que eu vou cortando
e inda fica nariz
em que se assoe.

Ao pé da altura
no naso oiteiro,
tem o sendeiro,
o que boca nasceu, e é
rasgadura.

Na gargantona,
membro do gosto,
está composto
o órgão mais sutil
da voz fanchona.

Vamos à giba:
mas eu que intento,
se não sou vento
para poder trepar
lá tanto arriba?
Sempre eu insisto
que no horizonte
deste alto monte
foi tentar o diabo
A Jesu Cristo.

Chamam-lhe autores,
por falar fresco,
dorsum (118) burlesco,
no qual *fabricaverunt*
peccatores. (119)

E havendo apostas,
se é home' ou fera,
se assentou que era
um caracol que traz
a casa às costas.

De grande a riba,
tanto se entona,
que já blasona
que enjeitou ser canastra
por ser giba.

Ó pico alçado!
quem lá subira,
para que vira
se és Etna abrasador,
se Alpe nevado.

Coisa pintada,
sempre uma coisa,
pois onde poisa
sempre o vêem de bastão,
sempre de espada.

---

(118) *dorsum* — com o sentido de *topo de um monte.*

(119) *fabricaverunt peccatores* — lat. pecadores trabalharam.

Dos santos passos
na bruta cinta
uma cruz pinta;
a espada o pau da cruz,
e ele os braços.
Vamos voltando
para a dianteira,
que na traseira
o cu vejo açoitado
por nefando.
Se bem se infere
outro fracasso,
porque em tal caso
só se açoita quem canta
o *miserere*. (120)
Pois que seria,
que eu vi vergões?
Serão chupões
que o bruxo do Ferreira
lhe daria?
E a entresadeira
Do grão Priapo, (121)
Que em sujo trapo
Se alimpa nos fundilhos
do Ferreira.
Seguem-se as pernas,
sigam-se embora,
porque eu por ora
não me quero embarcar
em tais cavernas.
Se bem que assento
nos meus miolos
que são dois rolos
de tabaco já podre
e fedorento.

(120) *miserere* — da expressão latina *miserere nobis:* tende misericórdia de nós; uma das partes da missa.
(121) *Priapo* — falo.

Os pés são figas
a mor grandeza,
por cuja empresa
tomaram tantos pés
  tantas cantigas.

Velha coitada
suja figura,
na arquitetura
da popa da nau nova
  está entalhada.

Boa viagem,
senhor Tucano,
que para o ano
vos espera a Bahia
  entre a bagagem.

DEDICATÓRIA EXTRAVAGANTE QUE O POETA FAZ DESTAS OBRAS AO MESMO GOVERNADOR SATIRIZADO

ROMANCE

Desta vez acabo a obra,
porque é este o quarto tomo
das ações de um sodomita,
dos progressos de um fanchono.

Esta é a dedicatória,
e bem que preverto o modo,
a ordem preposterando
dos prólogos, os prológios.

Não vai esta na dianteira,
antes no traseiro a ponho,
por ser traseiro o senhor,
a quem dedico os meus tomos.

A vós, meu Antônio Luís,
a vós, meu nausau ausônio, ([121a])
assinalado do naso
pela natura do rosto:

A vós, merda dos fidalgos,
a vós, escória dos Godos,
filho do Espírito Santo,
E bisneto de um caboclo:

A vós, fanchono beato,
sodomita com bioco,
e finíssimo rabi
sem nasceres cristão-novo:

A vós, cabra dos colchões,
que estoqueando-lhe os lombos,
sois fisgador de lombrigas
nas alagoas do olho:

(121a) *ausônio* — de ousadia.

A vós, vaca sempiterna
cozida, assada, e de molho,
boi sempre, galinha nunca
in secula seculorum:

A vós, ó perfumador
do vosso pajem cheiroso,
para vós algália sempre,
para vós sempre mondongo:

A vós, ó enforcador,
e por testemunhas tomo
os irmãos da Santa Casa,
que lhe carregam os ossos:

Pois no dia dos Finados,
quando desenterram mortos
também murmuram de vós
pela grã carga dos ombros:

A vós, ilustre Tucano,
mal direito, e bem giboso,
pernas de rolo de pau,
antes de o levar ao torno:

A vós: basta tanto vós,
porque este insensato povo
vendo, que por vós vos trato,
cuidará, que sois meu moço:

A vós dedico, e consagro
os meus volumes, e tomos,
defendei-os, se quiseres,
e se não, vai nisso pouco.

A PEDRO ÁLVARES DA NEIVA, QUANDO EMBARCOU PARA PORTUGAL

ROMANCE

Adeus, amigo Pedralves,
que vos partistes daqui
para geral desconsolo
deste povo do Brasil.

Partistes-vos, e oxalá
que então vos vira partir,
que sempre um quarto tomara
a libra por dois ceitis. ([122])

Pusera o quarto em salmoura
e no fumeiro o pernil,
o pé não, porque me dizem
que vos fede o escarpim. ([123])

Guardara o quarto de sorte,
que se vos pudera unir
na surreição dos ausentes,
quando tornásseis aqui.

Mas vós não fostes partido,
mente quem tal coisa diz;
antes fostes muito inteiro,
e sem se vos dar de mim.

---

(122) *que sempre um quarto tomara a libra por dois ceitis* — *Quarto:* parte do corpo que vai da metade da coxa até os quadris, mão e perna de uma rês até metade do lombo na altura e até metade da barriga na largura; *dois ceitis:* quantia insignificante. Entenda-se: a *partida* de Pedro Álvares da Neiva desencadeia trocadilhescamente um retalhamento figurado do corpo do personagem ("oxalá vos vira partir"), guardado em conserva para a "surreição dos ausentes".

(123) *escarpim* — "calçado de ponto de meia, ou de lençaria, que cobre o peito do pé, e forra a planta, põe-se por baixo da meia" (Moraes).

Saudades não as levastes,
deixastes-las isso sim,
porque de todo este povo
éreis o folgar e o rir.

Desenfado dos rapazes,
das moças o perrexil, ([124])
o burro da vossa casa,
e da cidade o rocim.

Lá ides por esses mares,
que são vidraças de anil,
semeando de asnidades
toda a margem de Zafir.

O piloto e à companha
apostarei que já diz
que vai muito arrependido
de irdes no seu camarim.

O homem se vê e deseja,
e desesperado enfim,
aceita que a nau se perca
por vos ver fora de si.

Deseja ver-vos lutando
sobre o elemento sutil,
onde um tubarão vos parta,
vos morda um darimdarim.

Deseja que os peixes todos
tomem acordo entre si
de vos fazer nos seus buchos
sepultura portátil.

Sente que em amanhecendo
a fina força há de ouvir
os bons dias de uma boca,
cujo bafo é tão ruim

---

(124) *perrexil* — "fulano é o *perrexil* dessa conversação": aquilo que a faz desenfastiada e saborosa; objeto do riso geral.

Sente que não empregando
nem um só maravedi
em queijos frescos, a eles
vos tresanda o chambaril. [125]

Mas vos heis de ir a Lisboa
apesar de vilão ruim,
e El-Rei vos há de fazer,
com mil mercês, honras mil.

Os cavaleiros da Corte,
trazendo-vos junto a si,
vos hão de dar como uns doidos
piparotes no nariz.

E como vós sois doente
de fidalgos frenesis,
por ficar enfidalgado
toda a mofa heis de rustir.

O que trareis de vestidos!
uns assim, outros assim:
sereis o molde das modas,
e o modelo dos Turins.

À conta disto me lembra,
quando em Marapé vos vi
vestido de pimentão
com fundos de flor de lis.

Em verdade vos afirmo
que então vos supus e cri
surrada tapeçaria,
tisnado guadamecim.

O que direis de mentiras,
quando tornares aqui!
amizades de um visconde,
favores de um conde vis:

---

(125) *chambaril* — mão de vaca.

"Valido de um tal ministro,
cabido de um tal juiz,
e até do mesmo cabido ([126])
leiguíssimo mandarim.

El-Rei me fez mil favores:
mil favores? mais de mil;
bem fez com que lá ficasse,
mas não o pude servir.

Quem casou, como eu casei,
com mulher tão senhoril,
é cativo de um terreiro,
não me posso dividir.

D'El-Rei é minha cabeça,
porém o corpo gentil
todo é de minha mulher,
não tem remédio, hei de me ir.

Achou-me razão El-Rei,
e na hora de partir,
pondo-me a mão na cabeça
me disse: Perico, há de ir.

Ide-vos, Perico, embora,
ide-vos para o Brasil,
que quem vos tirou da corte,
não vos tirará daqui.

E pondo em seu peito a mão,
eu, que a firmeza entendi,
chorei por agradecê-la
lágrimas de mil em mil.

---

(126) *cabido* — usado em duplo sentido; no primeiro caso, *cabido de um tal juiz:* que tem aceitação ou valia, merecido, metediço, sabido, saliente; no segundo, *mandarim do cabido*· corporação de cônegos de uma catedral.

Botei pelo paço fora,
meti-me no bergantim,
cheguei a bordo, embarquei-me,
levamos ferro, e parti.

Os cavaleiros da corte
choraram tanto por mim,
como por uma comenda
de Santiago ou de Avis.

Ontem avistamos terra,
e quando na barra vi
coqueiros e bananeiras,
disse comigo: Brasil!"

MARINÍCOLAS ([127])

Marinícolas todos os dias
O vejo na sege passar por aqui,
Cavalheiro de tão lindas partes,
Como, *verbi gratia,* ([128]) Londres e Paris.

Mais fidalgo que as mesmas estrelas,
Que as doze do dia viu sempre luzir,
Que seu pai por não sei que desastre
Tudo o que comia vinha pelo giz. ([129])

Peneirando-lhe os seus avolórios
É tal a farinha do ninfo gentil,
Que por machos é sangue Tudesco,
Porém pelas fêmeas humor meretriz.

Um avô, que rodou esta corte
Num coche de quatro de um Dom Beleaniz,
Sobre mulas foi tão atrativo,
Que as Senhoras ([130]) todas trouxe atrás de si.

Foi um grande verdugo de bestas,
Pois co'um azorrague e dois borzeguins,
Ao compás dos maus passos que davam ([131])
Lhes ia cantando o lá, sol, fá, mi.

---

(127) *Marinícolas* — "Nicolau de Tal, Provedor da Casa da Moeda em Lisboa, que sendo bem visto d'El Rey Dom Pedro II encontrava os requerimentos do poeta: o qual enfadado de suas demasias lhe sacudiu o caxeiro desta *sátira*".

(128) *verbi gratia* — lat., por exemplo.

(129) *vinha pelo giz* — sendo alfaiate o pai *(sastre)*, ganhava a sua subsistência trabalhando com o giz.

(130) *as Senhoras* — James Amado registra *os senhores*.

(131) *davam* — James Amado registra *dava*.

Marinícolas era muchacho
Tão grã rabaceiro ([132]) de escumas de rins,
Que jamais para as toucas olhava,
Por achar nas calças melhor flaldelim. ([133])

Sendo já sumilher de cortina([134])
De um sastre ([135]) de barbas, saiu d'aprendiz
Dado só às lições de canudo,
Rapante de espécie de pica viril.

Cabrestilhos tecendo em arames,
Tão pouco lucrava no pátrio país,
Que se foi dando velas ao vento
Ao reino dos servos, não mais que a servir.

Lá me dizem que fez carambola ([136])
Com certo Cupido, que fora daqui
Empurrado por uma Sodoma, ([137])
No ano de tantos em cima de mil.

Por sinal que no sítio nefando
Lhe pôs a ramela do olho servil
Um travesso, porque de cadeira
A seus cus servisse aquele âmbar gris.

Mordeduras de perro raivoso
Co'o pelo se curam ([138]) do mesmo mastim,
E aos mordidos do rabo não pode
O sumo do rabo de cura servir.

---

(132) *rabaceiro* — que come fruta verde ou de má qualidade; *escumas* — escórias.

(133) *flaldelim* — vestuário feminino.

(134) *sumilher de cortina* — "eclesiásticos fidalgos, que correm a cortina da Tribuna del Rei na Capela Real, e fazem outras coisas do serviço dela" (Moraes).

(135) *sastre* — alfaiate.

(136) *fez carambola* — fez trapaça, velhacaria.

(137) *Sodoma* — referência bíblica à cidade da Palestina que, junto com Gomorra, foi destruída pela ira divina como castigo pela devassidão de seus habitantes; no texto, homossexual.

(138) *curam* — James Amado registra *criam*.

Tanto em fim semeou pela terra,
Que havendo colhido bastante quatrim, ([139])
Resolvendo a ser Perotangas ([140])
Cruzou o Salobre, partiu o Zenite.

Avistando este nosso hemisfério,
Calou pela barra em um bergantim,
Pôs em terra os maiores joanetes
Que viram meus olhos desde que nasci.

Pretendendo com recancanilhas
Roubar as guaritas de um salto sutil,
Embolsava com alma de gato,
A risco de sape, ([141]) dinheiro de mis.

Senão quando na horta do Duque
Andando de ronda um certo malsim, ([142])
Estumando-lhe um cão pechelingue ([143])
O demo do gato botou o seitil. ([144])

Marinícolas vendo-se entonces
De todo expurgado sem maravedí,
Alugava rapazes ao povo,
Por ter de caminho de quem se servir.

Exercendo-os em jogos de mãos
Tão lestos os tinha o destro arlequim,
Que se não lhes tirara a peçonha
Ganhara com eles dois mil potosís.

---

(139) *quatrim* — dinheiro de pouco valor.
(140) *Perotangas* — James Amado registra *Piratanda.*
(141) *sape* — interjeição para espantar gatos.
(142) *malsim* — espia profissional, delator de contrabandos e contravenções em benefício de algum contrato ou privilégio.
(143) *pechelingue* — corsário, ladrão.
(144) *botou o seitil* — pôs pra fora, expeliu com força (e à força) o dinheiro roubado.

A tendeiro se pôs de punhetas
E na taboleta mandou esculpir
Dois cachopos, e a letra dizia:
"Os ordenhadores se alquilam ([145]) aqui."

Tem por mestre do terço fanchono
Um pagem de lança, que Marcos se diz,
Que se em casa anda ao rabo dele,
O traz pela rua ao rabo de si.

Uma tarde em que o perro celeste
Do sol acossado se pos a latir,
Marinícola estava com Marcos
Limpando-lhe os moncos de certo nariz.

Mas sentindo ruído na porta,
Aonde batia um Gorra civil, ([146])
Um e outro se pôs em fugida,
Temiendo los dientes de algun javali. ([147])

Era pois o baeta travesso:
Se um pouco de antes aportara ali,
Como sabe latim o baeta,
Pudiera cogerlos en un mal Latim. ([148])

Ao depois dando dele uma força
As alcoviteiras do nosso confim,
Lhe valeu no sagrado da igreja
O nó indissolúvel de um rico mongil. ([149])

---

(145) *alquilam* — alugam.

(146) *gorra civil* — pessoa não policial.

(147) *Temiendo los dientes de algun javali* — esp., temendo os dentes de algum javali.

(148) *Pudiera cogerlos en un mal Latim* — esp., poderia surpreendê-los, pegá-los com a boca na botija.

(149) *mongil* — espécie de túnica larga usada antigamente pelas mulheres; "nó indissolúvel de um rico mongil": casamento por interesse.

Empossado da simples consorte
Cresceu de maneira naqueles chapins, ([150])
Que inda hoje dá graças infindas
Aos falsos informes de *quis, quid* e *qui.* ([151])

Não obstante pagar de vazio
O santo himeneu ([152]) um pícaro vil,
Se regala à ufa ([153]) do sogro,
Comendo e bebendo como mochachim.

Com chamar-se prudente com todos,
Que muitos babosos o tem para si,
Ele certo é o meu desenfado,
Que um tolo prudente dá muito que rir.

É dotado de um entendimento
Tão vivo e esperto, que fora um Beliz,
Se lhe houvera o juízo ilustrado
Um dedo de grego, outro de latim.

Entre gabos o triste idiota
Tão pago se mostra dos seus gorgotis, ([154])
Que nascendo sendeiro de gema,
Quer à fina força meter-se a rossim,

Deu agora em famoso arbitrista,
E quer por arbítrios o triste malsim
Que o vejamos subir à Excelência,
Como diz que vimos Montalvão subir.

---

(150) *chapins* — coturno trágico, sapato alto para realçar quem usa; figuradamente, o prestígio derivado do casamento e da ascenção social.

(151) *quis, quid e qui* — levantamento de antecedentes que precede o casamento.

(152) *pagar de vazio o santo himeneu* — não contribuir para a festa nupcial.

(153) *à ufa* — às custas.

(154) *gorgotis* — estará por *gorgoli,* instrumento para esfriar o fumo do cachimbo (?).

Sendo pois o alterar a moeda
O assopro, o arbítrio, o ponto e o ardil,
De justiça, a meu ver, se lhe devem
As honras que teve Ferraz e Soliz.

Dêem com ele no alto da forca,
Adonde o fidalgo terá para si
Que é o mais estirado de quantos
Beberam no Douro, mijaram no Rim. ([155])

Se o intento é babar-se moeda,
Correrem-lhe gages e ser mandarim,
Porque andando a moeda na forja
Se ri de Cuama, de Sena e de Ofir? ([156])

Sempre foi da moeda privado,
Mas vendo-se agora Senhor e Juiz,
Condenando em portais a moeda,
Abriu às unhadas portas para si.

Muito mais lhe rendeu cada palmo
Daquela portada que dois potosis;
Muito mais lhe valeu cada pedra
Que vale um ochavo de Valladolid. ([157])

Pés de puas com topes de seda,
Cabelos de cabra com pós de marfim,
Pés e puas de riso motivo,
Cabelos e topes motivo de rir.

Uma tia, que abaixo do muro
Lançóes ([158]) esquarteja, me dizem que diz:
Sua Alteza sem ver meu sobrinho
A nada responde de não ou de sim.

---

(155) *Douro, Rim* — Douro e Reno, rios europeus.

(156) *Ofir* — bibl., região famosa por seu ouro, edificada pela armada de Salomão.

(157) *ochavo de Valladolid* — moeda espanhola (?).

(158) *lanções* — lençaria que cobre os colchões.

Pois a prima da rua do Saco
Também se reputa de todos ali,
Que a furaram como velador
Para o garavato de certo candil. (159)

Outras tias me dizem que foram
Tão fortes galegas, e tão varonis,
Que sobre elas foi muito mais gente
Do que sobre Espanha em tempo do Cid. (160)

Catarina *conigibus* era
Uma das avôas da parte viril,
Donde vem conixarem-se todas (161)
As conigibundas do tal genesis.

Despachou-se com hábito e tença (162)
Por grandes serviços, que fez ao Sofi,
Em matar nos fiéis Portugueses
De puro enfadonho três ou quatro mil.

E porque de mecânica tanta
Não foi dispensado, tendo para mim
Que em usar de mecânica falsa
Se souber livrar da mecânica vil.

É possível que calce tão alto
A baixa vileza de um sujo escarpim,
Para o qual não é a água bastante
Da grossa corrente do Gualdaquibir?

Marinícolas é finalmente
Sujeito de prendas de tanto matiz,
Que está hoje batendo moeda,
Sendo ainda ontem um vilão ruim.

---

(159) *garavato de um certo candil* — velador: armação onde se enfia a vela; garavato: gancho para se pendurar em prego; candil: candeia.

(160) *Espanha em tempo do Cid* — península ibérica sob invasão moura, na Idade Média.

(161) *todas* — James Amado registra *todos*. Nessa estrofe Gregório "declina" livremente, num latinório trocadilhesco, as qualidades sexuais das ancestrais de Marinícolas (*cono*: vagina).

(162) *tença* — quantia que o Rei dava para sustento aos seus cavaleiros, por razões de serviços.

AO CAPITÃO JOSÉ PEREIRA, POR ALCUNHA O "SETE CARREIRAS", LOUCO COM CAPRICHOS DE POETA, SENDO ELE IGNORANTÍSSIMO

DÉCIMAS

1

Amigo Senhor José,
não me fareis uma obra;
porque se a graça vos sobra,
me fazeis graça e mercê:
fazei-me uma obra, em que
honra me deis aos almudes,
e se em vossos ataúdes, [162a]
que Apolo [162b] vos temperou,
não cabe o pouco que eu sou,
caberão vossas virtudes.

2

Fazei-me uma obra, enquanto
a Musa se me melhora,
que eu prometo desde agora
pagar-vos tanto por tanto:
que como Deus é bom Santo,
e não há ovo sem gema,
sereis do meu plectro o tema,
porque, a quem me faz um verso,
não serei eu tão perverso,
que lhe não faça um poema.

(162a) *ataúdes* — deve estar por *alaúdes,* por erro de edição.
(162b) *Apolo* — mit., deus da música e da poesia, inspirador dos poetas, presidindo do alto do monte Parnaso os jogos das Musas.

3

Saiam esses resplandores
essas luzes rutilantes,
rubis, pérolas, diamantes,
cravos, açucenas, flores:
saiam da Musa os primores,
que há hortelão da poesia,
que gasta em menos de um dia
de flores um milenário,
e há poeta lapidário
gastador da pedraria. (162c)

4

Eu quatro versos fazendo
não me meto em gasto tal,
nem posso chamar cristal
a mão, que humana estou vendo:
aos olhos, que ao que eu entendo,
são de sangue dous pedaços,
não chamo diamantes baços,
porque os não tenho por tais,
que há poetas liberais,
e os meus são versos escassos.

(162c) *poeta lapidário / gastador de pedraria* — Gregório satiriza a retórica cultista que tende a usar continuamente metáforas de cunho mineralizante.

5

Vós sois o Deus da poesia,
que sobre o vosso Pegaso ([162d])
andais mudando o Parnaso ([162e])
neste monte da Bahia:
nos ensina aos praticantes
tão graciosos consoantes,
que vos juro a Jesu Cristo,
que em quantos versos hei visto,
não vi versos semelhantes.

6

Sois poeta natural,
e tendes sempre a mão cheia
não só na Aganipe a veia,
mas na veia um mineral:
correm por um manancial
da vossa boca Aretusas, ([162f])
e as nove Musas obtusas
de ver o vosso partolo,
em vez de Musas de Apolo,
querem ser as vossas Musas.

(162d) *Pegaso* — mit., por *Pégaso,* o cavalo alado, nascido do sangue de Medusa, que, com uma patada, fez nascer a fonte de Hipocrene, inspiradora dos poetas.

(162e) *Parnaso* — mit., monte de onde Apolo presidiria os jogos das Musas.

(162f) *Aretusas* — mit., *Aretusa:* ninfa do Peloponeso e da Sicília; perseguida pelo apaixonado Alfeu, deus do rio do mesmo nome, foi transformada em fonte. Trata-se de mais uma alusão satírica às profusas citações cultas do poeta "Sete carreiras".

A UM IGNORANTE POETA, QUE POR SUAS LHE MOSTROU UMAS DÉCIMAS DE ANTÔNIO DA FONSECA SOARES

SONETO

Protótipo gentil do Deus muchacho,
Poeta singular o mais machucho, (163)
Que no mais levantado do cartucho (164)
Quis trazer o Pegaso por penacho.

Triunfante ao Parnaso entrou gavacho (165)
Com décimas do métrico capucho; (166)
Se são suas, merece um bom cachucho, (167)
Que por boas conseguem bom despacho.

Mas o sol, que na aurora do desfecho
Os párpados (168) abrindo vos viu micho,
Por ser vosso talento de relexo, (169)

Logo disse: não éreis vós o bicho,
Que vos sente nas ancas este sexo,
Que vos limpe essas barbas c'um rabicho.

---

(163) *machucho* — pop., finório, espertalhão.
(164) *cartucho* — religioso da ordem da Cartuxa (?)
(165) *gavacho* — homem miserável e mal vestido (Moraes).
(166) *métrico capucho* — referência ao poeta barroco português Fonseca Soares (Frei Antônio das Chagas). Curiosamente, existem poemas tidos durante muito tempo como de Gregório que hoje se atribuem a Fonseca Soares.
(167) *cachucho* — o sentido mais adequado ao texto parece ser o de "anel grosso de ouro" (gíria).
(168) *párpados* — esp., pálpebras.
(169) *de relexo* — está por *releixo:* relapso, relaxado.

AO VIGÁRIO DA VILA DE SÃO FRANCISCO, QUE, POR SER DEMASIADO AMBICIOSO, ERA MUITO MALQUISTO DOS FREGUESES

SILVA

Reverendo vigário,
Que é título de zotes (170) ordinário,
Como sendo tão bobo,
E tendo tão larguíssimas orelhas,
Fogem vossas ovelhas
De vós, como se fôsseis voraz lobo?

O certo é que sois pastor danado,
E temo que, se a golpe vem de foice,
Vos há de cada ovelha dar um coice:
Sirva de exemplo a vosso desalinho,
O que ovelhas têm feito ao Padre Anjinho,
Que por sua tontice e sua asnia
O têm já embolsado na enxovia;
Porém a vós, que sois fidalgo asneiro,
Temo que hão de fazer-vos camareiro.

Quisestes tosquiar ao vosso gado,
E saístes do intento tosqueado;
Não vos cai em capelo (171)
O que o provérbio tantas vezes canta:
Que quem ousadamente se adianta,
Em vez de tosquiar, fica sem pelo?

---

(170) *zotes* — idiota, pateta, ignorante.

(171) *capelo* — parte do hábito de alguns religiosos, que cobre o pescoço e a cabeça; *cair em capelo:* tomar por repreensão. *Capeludo* era usado também, por injúria, para designar os franciscanos.

Intentastes sangrar toda a comarca,
Mas ela vos sangrou na veia d'arca, ([172])
Pois ficando faminto, e sem sustento,
Heis de buscar a dente, qual jumento,
Erva para o jantar e para a ceia:
E se talvez o campo se escasseia,
Mirrado heis de acabar no mesmo plano,
Fazendo quarentena todo o ano:
Mas então poderá vossa porfia
Ser mais alvo aos fregueses cada dia.

Sois tão grande velhaco,
Que a pura excomunhão meteis no saco:
Já diz a freguesia,
Que tendes de Saturno ([173]) a natureza,
Pois os filhos tratais com tal crueza,
Que os comeis, e roubais, qual uma harpia.
Valha-vos; mas quem digo que vos valha?
Valha-vos ser um zote, e um canalha:
Mixelo hoje de chispo, ([174])
Ontem um *passa-aqui* do Arcebispo!
Mas oh! se Deus a todos nos livrara
De marau com poder, vilão com vara,
Fábula de rapazes, e bandarras,
E objeto de cantigas de guitarras.

Enquanto vos não parte algum corisco,
Que talvez vos despreza como cisco,
E fugindo à vileza desse couro,
Vos vão poupando a cortadora espada,
A zagaia amolada,
A veloz seta, o rápido pelouro:

---

(172) *sangrar na veia d'arca* — *sangrar:* extorquir bens, dinheiro ou valores; *veia d'arca:* o lugar do dinheiro.

(173) *Saturno* — mit., filho de Urano e de Gaea, o Céu e a Terra, esposo de Cibele e pai de Júpiter, de Netuno, de Plutão e de Juno. Uma promessa feita a Titã obrigava-o a devorar os filhos assim que nasciam.

(174) *mixelo de chispo* — *michela:* meretriz; *chispo:* sapato alto e agudo, usado antigamente.

Dizei a um confessor dos aprovados,
Vossos torpes pecados,
Que se bem o fazeis, como é preciso,
Fareis um dia coisa de juízo:
E uma vez confessado,
Como vos tenha Deus já perdoado,
Todos vos perdoaremos
Os escândalos mil, que de vós temos;
E comendo o suor de vosso rosto [175]
Dareis a Deus prazer, aos homens gosto.

---

(175) *comendo o suor de vosso rosto* — sustentando-se com o próprio trabalho.

AO MESMO COM PRESUNÇÕES DE SÁBIO, E ENGENHOSO

SONETO

Este padre Frisão, este sandeu,
Tudo o demo lhe deu e lhe outorgou,
Não sabe *musa musae,* (176) que estudou,
Mas sabe as ciências, que nunca aprendeu.

Entre catervas de asnos se meteu,
E entre corjas de bestas se aclamou,
Naquela Salamanca (177) o doutorou,
E nesta salacega (178) floresceu.

Que é um grande alquimista isso não nego,
Que alquimistas do esterco tiram ouro,
Se cremos seus apógrafos conselhos.

E o Frisão as Irmãs pondo ao pespego, (179)
Era força tirar grande tesouro,
Pois soube em ouro converter pentelhos.

---

(176) *musa musae* — não sabe nem latim (primeira declinação), nem poesia e artes.

(177) *Salamanca* — célebre universidade, na cidade espanhola desse nome.

(178) *salacega* — trocadilho com *salamanca* (?); entenda-se: o padre Frisão doutorou-se "naquela Salamanca" ("catervas de asnos") e floresceu "nesta salacega" ("corjas de bestas").

(179) *pondo ao pespego* — submetendo à força.

CELEBRA O POETA (ESTANDO HOMIZIADO NO CARMO), A BURLA QUE FIZERAM OS RELIGIOSOS COM UMA PATENTE FALSA DE PRIOR A FREI MIGUEL NOVELOS, APELIDADO O LATINO POR DIVERTIMENTO EM UM DIA DE MUITA CHUVA

DÉCIMAS

1

Victor, ([180]) meu padre latino,
que só vós sabeis latim,
que agora se soube enfim
para um breve ([181]) tão divino:
era num dia mofino
de chuva, que as canas rega,
eis a patente aqui chega,
e eu por milagre os suspeito
na Igreja Latina feito,
para se pregar na grega.

2

Os sinos se repicaram
de seu moto natural,
porque o Padre Provincial,
e outros Padres lhe ordenaram:
os mais Frades se abalaram
a lhe dar obediência,
e eu em tanta complacência,
por não faltar ao primor,
dizia a um Victor Prior,
Victor, vossa Reverência.

---

(180) *Victor* — lat., vencedor.
(181) *breve* — carta ou escrito pontifício, que contém declaração ou deliberação de caráter particular.

3

Estava aqui retraído
o Doutor Gregório, e vendo
um breve tão reverendo
ficou co'o queixo caído:
mas tornando em seu sentido
de galhofa perenal,
que não vi patente igual,
disse: "e é cousa patente,
que se a patente não mente,
é obra de pedra e cal".

4

Victor, Victor se dizia,
e em prazer tão repentino,
sendo os vivas ao latino
soavam a ingresia: (182)
era tanta a fradaria,
que nesta casa Carmela
não cabia refestela,
mas recolheram-se enfim
cada qual ao seu celim,
e eu fiquei na minha cela.

---

(182) *ingresia* — barulho, berreiro

AO DESEMBARGADOR BELCHIOR DA CUNHA BROCHADO, CHEGANDO DO RIO DE JANEIRO À CIDADE DA BAHIA, RECORRE O POETA, SATIRIZANDO UM JULGADOR, QUE O PRENDEU POR ACUSAR O FURTO DE UMA NEGRA, A TEMPO QUE SOLTOU O LADRÃO DELA

SONETO

Senhor Doutor, muito bem-vinda seja
A esta mofina e mísera cidade,
Sua justiça agora, e eqüidade,
e letras com que a todos causa inveja.

Seja muito bem-vindo, porque veja
O maior disparate e iniqüidade,
Que se tem feito em uma e outra idade
Desde que há tribunais, e quem os reja.

Que me há de suceder nestas montanhas
Com um ministro em leis tão pouco visto,
Como previsto em trampas e maranhas? ([183])

É ministro de império, mero e misto, ([184])
Tão Pilatos no corpo e nas entranhas,
Que solta a um Barrabás, e prende a um Cristo. ([185])

---

(183) *trampas e maranhas* — o desembargador desconhece as leis na mesma proporção em que conhece *trampas* e *maranhas,* i.e., enganos e intrigas.

(184) *império mero e misto* — jurisdição que o soberano dá aos magistrados para julgar as controvérsias, e impor pena de morte, confiscação de bens, etc.

(185) *solta a um Barrabás, e prende a um Cristo* — bibl., submetendo-os à julgamento popular, Pilatos libertou Barrabás e fez prender Cristo, depois do que lavou as mãos.

AO OUVIDOR GERAL DO CRIME QUE TINHA PRESO O POETA (COMO ACIMA SE DIZ) EMBARCANDO-SE PARA LISBOA

SONETO

Lobo cerval, fantasma pecadora, ([186])
alimária cristã, selvage humana,
Que eras com vara pescador de cana,
Quando devias ser burro de nora.

Leve-te Berzabu, vai-te em má hora,
Levanta desta vez fato e cabana, ([187])
E não pares senão na Taprobana, ([188])
Ou no centro da Líbia abrasadora.

Parta-te um raio, queime-te um corisco,
Na cama estejas tu, morras na rua,
Sepultura te dêem montes de cisco.

E toda aquela coisa que for tua
Corra sempre contigo o mesmo risco,
Ó selvagem cristão! ó besta crua!

---

(186) *Lobo cerval, fantasma pecadora* — este é um dos poemas atribuídos a Gregório de Matos que tem sua autoria contestada; está incluído aqui sob ressalva. Segundo Aguiar e Silva pertence a João Sucarelo (*Maneirismo e barroco na poesia lírica portuguesa,* Coimbra, 1971, p. 106).

(187) *levanta fato e cabana* — parte levando tudo que tem, e desfazendo a casa.

(188) *Taprobana* — antiga ilha de Ceilão, término do mundo conhecido pela geografia antiga.

EPÍSTOLA AO CONDE DO PRADO

ROMANCE

Daqui desta praia grande
Onde à cidade fugindo,
conventual das areias
entre os mariscos habito:

A vós, meu conde do Prado,
a vós, meu príncipe invicto,
Ilustríssimo Mecenas
de um poeta tão indigno,

Enfermo de vossa ausência,
quero curar por escrito
sentimentos, saudades,
lágrimas, penas, suspiros.

Quero curar-me convosco,
porque é discreto aforismo,
que a causa das saudades
se empenhe para os alívios.

Ausentei-me da cidade,
porque esse povo maldito
me pôs em guerra com todos,
e aqui vivo em paz comigo.

Aqui os dias me não passam,
porque o tempo fugitivo,
por ver minha solidão,
pára em meio do caminho.

Graças a Deus que não vejo
neste tão doce retiro
hipócritas embusteiros,
velhacos intrometidos.

Não me entram nesta palhoça
visitadores prolixos,
políticos enfadonhos,
cerimoniosos vadios.

Uns néscios, que não dão nada
senão enfado infinito,
e querem tirar-me o tempo
que me outorga Jesu Cristo.

Visita-me o lavrador
sincero, simples e liso,
que entra co'a boca fechada,
e sai co'o queixo caído.

Em amanhecendo Deus
acordo, e dou de focinhos
co'o sol sacristão dos céus
toca aqui, toca ali signos.

Dou na varanda um passeio,
ouço cantar passarinhos
docemente, ao que eu entendo,
exceto a letra e o tonilho.

Vou-me logo para a praia,
e vendo os alvos seixinhos,
de quem as ondas murmuram
por mui brancos e mui limpos:

Os tomo em minha desgraça
por exemplo expresso e vivo,
pois ou por limpo ou por branco
fui na Bahia mofino.

Queimada veja eu a terra,
onde o torpe idiotismo
chama aos entendidos néscios,
e aos néscios chama entendidos.

Queimada veja eu a terra,
onde em casa e nos corrilhos
os asnos me chamam d'asno;
parece coisa de riso.

Eu sei de um clérigo zote,
parente em grau conhecido
destes que não sabem musa,
mau grego e pior latino,

Famoso em cartas e dados
mais que um ladrão de caminhos,
regatão de piaçavas,
e grande atravessa-milhos:

Ambicioso avarento,
das próprias negras amigo
só por fazer *a gaudere* (189)
o que aos outros custa jimbo;

Que se acaso em mim lhe falam
torcendo logo o focinho,
"Não me falem nesse asno",
responde com todo o siso.

Pois agora, pergunto eu,
se Job (189a) fora ainda vivo
sofrera tanto ao diabo
como eu sofro este precito?

Também sei de um certo Beca,
no pretório presidindo,
onde é selvage em cadeira,
me pôs asno de banquinho.

---

(189) *a gaudere* — lat., a contento, a gosto.

(189a) *Job* — bibl., homem de posses que, testado por Deus sob provocação do diabo, passa por todas as provações humanas para ver confirmada a sua fé.

Por sinal que eu respondi
a quem me trouxe este aviso:
se fosse asno, como eu sou,
que mal fora a esse ministro.

Era eu em Portugal
sábio, discreto, entendido,
poeta, melhor que alguns,
douto como os meus vizinhos.

Chegando a esta cidade,
logo não fui nada disto:
porque o direito entre o torto
parece que anda torcido.

Sou um herege, um asnote,
mau cristão, pior ministro,
mal entendido entre todos,
de nenhum bem entendido.

Tudo consiste em ventura,
que eu sei de muitos delitos
mais graves que os meus alguns,
porém todos sem castigo.

Mas não consiste em ventura,
e se o disse, eu me desdigo;
pois consiste na ignorância
de idiotas tão supinos.

De noite vou tomar fresco
e vejo em seu epiciclo
a lua desfeita em quartos
como ladrão de caminhos.

O que passo as mais das noites
não sei, e somente afirmo
que a noite mais negra, escura,
em claro a passo dormindo.

Faço versos mal limados
a uma moça como um brinco,
que ontem foi alvo dos olhos,
hoje é negro dos sentidos.

Esta é a vida que passo,
e no descanso em que vivo,
me rio dos reis de Espanha
em seu célebre retiro.

Se a quem vive em solidão
chamou beato um gentio,
espero em Deus, que hei de ser
por beato inda benquisto.

Mas aqui e em toda a parte
estou tão oferecido
às coisas do vosso gosto,
como às do vosso serviço.

ELEGE PARA VIVER O RETIRO DE UMA CHÁCARA, QUE COMPROU NAS MARGENS DO DIQUE, E ALI CONTA, O QUE PASSAVA RETIRADO

CANÇÃO

Por bem afortunado
Me tenho nestes dias,
Em que habito este monte a par do Dique,
Vizinho tão chegado
Das taraíras frias,
A quem a gula quer, que eu me dedique:
Aqui vem o alfenique
Das pretas carregadas
Com roupas de que formam as barrelas:
Não serão as mais belas,
Mas hão de ser por força as mais lavadas;
E eu namorado desta, e daqueloutra
De uma o lavar me rende o torcer de outra.

Os que amigos meus eram,
vêm aqui visitar-me:
Amigos, digo, de uma e outra casta,
Oh nunca aqui vieram!
Porque vêm agastar-me,
E nunca deixam coisa, que se gasta.
Outros vêm quando basta
Fazer nesta varanda
Chacotas e risadas:
Coisas bem escusadas,
Porque o riso não corre na quitanda:
Corre de cunho a prata,
E amizade sem cunho é patarata.

A casa é espaçosa,
Coberta e retelhada
Com telha antiga do primeiro mundo:
Palha seca e frondosa
Um tanto refolhada
Da que sendo erva santa é vício imundo;
O torrão é fecundo
Para a tal erva santa,
Porque esta negra terra
Nas produções, que erra,
Cria venenos mais que boa planta:
Comigo a prova ordeno,
Que me criou para mortal veneno.

RESPONDE A UM AMIGO COM AS NOVIDADES QUE VIERAM DE LISBOA NO ANO DE 1658

SONETO

França está mui doente das ilhargas,
Inglaterra tem dores de cabeça;
Purga-se Holanda, e temo lhe aconteça
Ficar debilitada com descargas.

Alemanha lhe aplica ervas amargas,
Botões de fogo com que convalesça;
Espanha não lhe dá que este mal cresça,
Portugal tem saúde e forças largas.

Morre Constantinopla, está ungida;
Veneza engorda, e toma forças dobres;
Roma está bem, e toda a Igreja boa.

Europa anda de humores mal regida,
Na América arribaram muitos pobres:
Estas as novas são que há de Lisboa.

AO HORROROSO COMETA QUE APARECEU NA BAHIA, POUCOS DIAS ANTES DA MEMORÁVEL PESTE CHAMADA A "BICHA", SUCEDIDA NO ANO DE 1686

SONETO

Se é estéril, e fomes dá o cometa,
não fica no Brasil viva criatura,
Mas ensina do juízo a Escritura,
Cometa não o dar, senão trombeta. ([190])

Não creio que tais fomes nos prometa
Uma estrela barbada em tanta altura,
Prometerá talvez, e porventura
Matar quatro saiões de imperialeta. ([191])

Se viera o cometa por coroas, ([192])
Como presume muita gente tonta,
Não lhe ficara clérigo, nem frade.

Mas ele vem buscar certas pessoas:
Os que roubam o mundo com a vergonta, ([193])
E os que à justiça faltam, e à verdade.

---

(190) *senão trombeta* — o juízo (final) vem precedido de trombetas, conforme o Apocalipse bíblico (a Escritura).

(191) *saiões de imperialeta* — *saião:* verdugo, carrasco; *imperialeta:* imperialato (?).

(192) *Se viera o cometa por coroas* — expressão que deve significar, no texto, finalidade, isto é: "Se o cometa vier para buscar os *coroas* (= frades e clérigos), então não sobrará um na terra."

(193) *vergonta* — ramo fino, haste, mas também chibata (da mesma raiz de vergastar).

PRETENDE AGORA (POSTO QUE EM VÃO) DESENGANAR AOS SEBASTIANISTAS,[194] QUE APLICAVAM O DITO COMETA À VINDA DO ENCOBERTO

SONETO

Estamos em noventa, era esperada
De todo o Portugal e mais Conquistas,
Bom ano para tantos bestianistas,
Melhor para iludir tanta burrada.

Vê-se uma estrela pálida e barbada,
E deduzem agora astrologistas
A vinda de um Rei morto pelas listas,
Que não sendo dos Magos é estrelada.

Oh quem a um bestianista perguntara,
Com que razão, ou fundamento, espera
Um Rei, que em guerra d'África acabara?

E se com Deus me dá, eu lhe dissera:
Se o quis restituir, não o matara;
E se o não quis matar, não o escondera.

(194) *sebastianistas* — aqueles que acreditavam na volta do Rei D. Sebastião, desaparecido na batalha de Alcácer-quibir, em 1578. As profecias sebastianistas, veiculadas inicialmente pelas trovas de um sapateiro chamado Bandarra, ganharam adesões ilustres, como a do Padre Antônio Vieira, que uniu o sebastianismo a profecias bíblicas.

Que esteja dando o francês
Camoesas ([195]) ao romano,
Castanhas ao castelhano,
E ginjas ao português?
E que estejam todos três
Em uma cisma quieta
Reconhecendo esta treta ([196])
Tanto à vista, sem a ver?
Tudo será; mas a ser,
Efeitos são do cometa.

Que esteja o inglês mui quedo,
E o holandês muito ufano,
Portugal cheio de engano,
Castela cheia de medo:
E que o turco viva ledo,
Vendo a Europa inquieta?
E que cada qual se meta
Em uma cova a tremer?
Tudo será; mas a ser,
Efeitos são do cometa.

Que esteja o francês zombando,
E a Índia padecendo,
Itália olhando e comendo,
Portugal rindo e chorando?
E que os esteja enganando
Quem sagaz os inquieta
Sem que nada lhe prometa?
Será; mas com mais razão,
Segundo a minha opinião,
Efeitos são do cometa.

---

(195) *camoesas* — espécie de maçã (cuja denominação parece provir do território do Castelo de Camões, na Galízia) (as notas referentes a este poema, que vão de 195 a 205, são de Spina) (v. bibliografia).

(196) *treta* — aí no texto parece estar pelo antigo vocábulo *treuta*, que significa *fruta*.

Que esteja Angola de graça,
O Mazagão cai, não cai,
O Brasil feito Cambrai
Quando Holanda feito caça?
E que jogue o *passa-massa* (197)
Conosco o turco maometa,
E que assim nos acometa?
Será, pois é tão ladino;
Porém, segundo imagino,
Efeitos são do cometa.

Que venham os Franchinotes, (198)
Com engano surrateiro,
A levar-nos o dinheiro
Por troca de assobiotes?
Que as patacas em pipotes
Nos levem à fiveleta, (199)
Não sei se nisto me meta:
Porém, sem meter-me em rodas,
Digo que estas coisas todas
Efeitos são do cometa.

Que venham homens estranhos
Às direitas, e às esquerdas,
Trazer-nos as suas perdas,
E levar os nossos ganhos:
E que sejamos tamanhos
Ignorantes, que nos meta
Sem debuxos a gazeta?
Será, que tudo é pior;
Mas porém seja o que for,
Efeitos são do cometa.

---

(197) *passa-massa* — massa é a parada que o ponto (no jogo) ajunta ao parolim (?).
(198) *Franchinotes* — termo popular: atrevidote.
(199) *à fiveleta* — amarrado à fivela.

Que havendo tantas maldades,
Como exprimentado temos,
Tantas novidades vemos,
Não havendo novidades?
E que estejam as cidades
Todas postas em dieta
Mau é; porém por direta
Permissão do mesmo Deus,
Se não são pecados meus,
Efeitos são do cometa.

Que se vejam sem razão,
No extremo em que hoje se vêem,
Um tostão feito um vintém,
E uma pataca um tostão?
E que estas mudanças vão
Fabricadas à curveta, [200]
Sem que a ventura prometa
Nunca nenhuma melhora?
Será, que pois o céu chora,
Efeitos são do cometa.

Que o Reino em um estaleiro
Esteja, e nesta ocasião
Haja pão, não haja pão,
Haja, não haja dinheiro:
E que se tome em Aveiro[201]
Todo o ouro e prata invecta [202]
Por certa via secreta?
Eu não sei como isto é:
Porém já que assim se vê,
Efeitos são do cometa.

---

(200) *à curveta* — aos corcovos, aos ziguezagues.

(201) *Aveiro* — cidade episcopal de Portugal, situada na província da Beira, que no reinado de D. Sebastião teve uma intensa vida mercante e marítima, florescimento econômico que desaparece com a dominação espanhola no séc. XVII.

(202) *invecta* — latinismo, não dicionarizado na língua portuguesa; significa: transportada, arrastada, puxada à força, arrebatada.

Que haja no mundo quem tenha
Guisados para comer,
E traça para os haver,
Não tendo lume nem lenha:
E que sem renda mantenha
Carro, carroça, carreta,
E sem ter aonde os meta,
Dentro em si tanto acomode:
Pode ser, porém se pode,
Efeitos são do cometa.

Que andem os oficiais
Como fidalgos vestidos,
E que sejam presumidos
Os humildes como os mais:
E que não possam os tais
Cavalgar sem a maleta,
E que esteja tão quieta
A cidade e o povo mudo:
Será, mas sendo assim tudo,
Efeitos são do cometa.

Que se vejam por prazeres,
Sem repararem nas fomes,
As mulheres feitas homens,
E os homens feitos mulheres:
E que estejam os Misteres
Enfronhados na baeta,
Sem ouvirem a trombeta
Do povo ([203]), que é um clarim:
Será, porém sendo assim,
Efeitos são do cometa.

---

(203) *trombeta do povo* — boca do povo.

Que vista, quem rendas tem,
Galas vistosas por traça,
Suposto que bem mal faça,
Inda que mal fará bem:
Mas que as vista quem não tem
Mais que uma pobre saieta,
Que lhe vem pelo estafeta,
Por milagre nunca visto:
Será, mas sendo assim isto,
Efeitos são do cometa.

Que não veja o que há de ver
Mal no bem, e bem no mal,
E se meta cada qual
No que se não há de meter:
Que queira cada um ser
Capitão sem ter gineta, ([204])
Sendo ignorante profeta,
Sem ver quem foi, e quem é:
Será, mas pois se não vê,
Efeitos são do cometa.

Que o pobre e o rico namore,
E que com esta porfia,
O pobre alegre se ria
E o rico triste se chore:
E que o presumido more
Em palácio sem boleta, ([205])
E por não ter que lhe meta,
O tenha cheio de vento:
Pode ser; mas ao intento
Efeitos são do cometa.

---

(204) *gineta* — insígnia antiga que os capitães usavam, uma espécie de lança ou bastão.

(205) *boleta* — parece tratar-se da forma antiga da palavra *boleto,* que designa a ordem militar por escrito que se manda ao habitante de uma casa para dar alojamento a uma ou mais praças.

Que ande o mundo como anda,
E que ao som do seu desvelo
Uns bailem ao saltarelo,
E outros à sarabanda:
E que estando tudo à banda
Sendo eu um pobre poeta,
Que nestas coisas me meta
Sem ter licença de Apolo:
Será; porém se sou tolo,
Efeitos são do cometa.

A CERTA PERSONAGEM DESVANECIDA

SONETO

Um soneto começo em vosso gabo:
Contemos esta regra por primeira,
Já lá vão duas, e esta é a terceira,
Já este quartetinho está no cabo.

Na quinta torce agora a porca o rabo;
A sexta vá também desta maneira:
na sétima entro já com grã canseira,
E saio dos quartetos muito brabo.

Agora nos tercetos que direi?
Direi que vós, Senhor, a mim me honrais
Gabando-vos a vós, e eu fico um rei.

Nesta vida um soneto já ditei;
Se desta agora escapo, nunca mais:
Louvado seja Deus, que o acabei.

REGRA DE BEM VIVER, QUE A PERSUASÕES DE ALGUNS AMIGOS DEU A UNS NOIVOS, QUE SE CASAVAM

REGRA PARA A NOIVA

Silva

Será primeiramente ela obrigada
Enquanto não falar, estar calada,
Item [206] por nenhum caso mais se meta
A romper fechaduras de gaveta,
Salvo se, por temer algum agouro,
Quiser tirar de dentro a prata e ouro.
Lembre-se de ensaboar quem a recreia,
Porém não há de ser de volta e meia.
E para parecer mulher que poupa,
Não se descuide em remendar-lhe a roupa:
Mas porém advertindo que há de ser
Quando ele de raiva a não romper,
Que levar merecia muito açoite
Por essa que rompeu onte onte a noite,
Furioso e irado
Diante de seu pai e seu cunhado,
que esteve em se romper com tal azar,
E eu em pontos também de me rasgar.
Irá mui poucas vezes à janela,
Mas as mais que puder irá à panela:
Ponha-se na almofada até o jantar,
E tanto há de cozer, como há de assar:
Faça-lhe um bocadinho mui caseiro,
Porém podendo ser coma primeiro;
E ainda que o veja pequenino,
Não lhe dê de comer como a menino.
Quando vier de fora vá-se a ele,
E faça por se unir pele com pele:
Mas em lhe dando a sua doencinha,
De carreira se vá para a cozinha,

---

(206) *item* — também.

E mande a Madalena com fervor
Pedir a sua mãe água de flor:
Isto deve observar sem mais propostas,
Se quiser a saúde para as costas.
Isto deve fazer,
se com o bem estreado [207] quer viver;
E se a regra seguir,
cobrará boa fama por dormir,
Na qual interessado muito vai
Seu cunhado, seu pai e sua mãe.
E adeus, que mais não posso, ou mais não pude;
Ninguém grite: chiton! [208] e haja saúde.

---

(207) *estreado* — James Amado registra *casado* (*Obras completas,* V, p. 1090).

(208) *chiton* — do francês *chut donc:* silêncio, caluda.

AO CASAMENTO DE PEDRO ÁLVARES DA NEIVA

SONETO

Sete anos a nobreza da Bahia ([209])
Servia a uma pastora Indiana bela,
Porém servia a Índia e não a ela,
Que à Índia só por prêmio pretendia.

Mil dias na esperança de um só dia
Passava, contentando-se com vê-la,
Mas frei Tomás usando de cautela,
Deu-lhe o vilão, quitou-lhe a fidalguia.

Vendo o Brasil, que por tão sujos modos
Se lhe usurpara a sua Dona Elvira,
Quase a golpes de um maço e de uma goiva:

Logo se arrependeram de amar todos,
E qualquer mais amara, se não vira
Para tão limpo amor tão suja noiva.

---

(209) *sete anos a nobreza da Bahia* — Gregório satiriza parafraseando um soneto de Camões sobre assunto bíblico ("Sete anos de pastor Jacó servia", que termina com o verso "Para tão longo amor tão curta a vida").

AO CASAMENTO DE CERTO ADVOGADO COM UMA MOÇA MAL REPUTADA

SONETO

Casou-se nesta terra esta e aquele,
Aquele um gozo ([210]) filho de cadela,
Esta uma donzelíssima donzela,
Que muito antes do parto o sabia ele.

Casaram por unir pele com pele;
E tanto se uniram, que ele com ela
Com seu mau parecer ganha para ela,
com seu bom parecer ganha para ele.

Deram-lhe em dote muitos mil cruzados,
Excelentes alfaias, bons adornos,
De que estão os seus quartos bem ornados:

Por sinal que na porta e seus contornos
Um dia amanheceram, bem contados,
Três bacias de trampa ([211]) e doze cornos.

---

(210) *gozo* — diz-se dos "cães de raça não apurada": vira-lata.
(211) *trampa* — termo chulo: excremento.

A UM LIVREIRO QUE HAVIA COMIDO UM CANTEIRO DE ALFACES COM VINAGRE

DÉCIMA

Levou um livreiro a dente
de alface todo um canteiro,
e comeu, sendo livreiro,
desencadernadamente.
Porém, eu digo que mente
a quem disso o quer taxar;
antes é para notar
que trabalhou como um mouro,
pois meter folhas no couro
também é encadernar.

FINGE O POETA O ASSUNTO PARA BEM LOGRAR ESTA POESIA DE CONSOANTES FORÇADAS

SONETO

Depois de consoarmos ([212]) um tremoço,
A noite se passou jogando a polha: ([213])
Amanheceu, e pôs-se-nos a olha, ([214])
De que não sobejou caldo, nem osso.

Rosnou por não ficar-lhe nada, o moço,
De um berro, que lhe dei, fiz-lhe uma bolha,
Rasguei-lhe uma camisa ainda em folha,
E a ceia se acabou, jantar e almoço.

O moço tal se despediu por isso,
E eu fiquei a beber vinho sem gesso ([215])
Sobre ovos moles, que me pus um uço. ([216])

Neste tempo topei de amor o enguiço:
Tive com Antonica o meu tropeço,
E parti de carreira no meu ruço. ([217])

---

(212) *consoarmos* — *consoar:* comer ou beber em consoada (pequena refeição que nos dias de jejum se pode tomar à noite).

(213) *polha* — variedade do jogo de cartas; "na espadilha jogo, é um sinal que representa certo número de tentos, por não estar contando muitos" (?) (Moraes).

(214) *olha* — caldo feito com diversas carnes, hortaliças e legumes.

(215) *vinho sem gesso* — suponho que seja vinho não lacrado, vinho barato.

(216) *uço* — está por *usso: urso; por-se um uço:* ficar furioso.

(217) *ruço* — cavalo pardo, malhado.

DESCREVE A VIDA ESCOLÁSTICA

SONETO

Mancebo sem dinheiro, bom barrete,
Medíocre o vestido, bom sapato,
Meias velhas, calção de esfola-gato, [218]
Cabelo penteado, bom topete;

Presumir de dançar, cantar falsete,
Jogo de fidalguia, bom barato,
Tirar falsídia [219] ao moço do seu trato,
Furtar a carne à ama, que promete;

A putinha aldeã achada em feira,
Eterno murmurar de alheias famas,
Soneto infame, sátira elegante;

Cartinhas de trocado para a freira,
Comer boi, ser Quixote com as damas,
Pouco estudo: isto é ser estudante.

---

(218) *esfola-gato* — deve estar no sentido de um certo jogo da região do Minho, brincadeira de rapazes com cambalhotas.
(219) *tirar falsídia* — contar mentira (?).

DESCREVE A CONFUSÃO DO FESTEJO DO ENTRUDO

SONETO

Filhós, fatias, sonhos, mal-assadas,
Galinhas, porco, vaca, e mais carneiro,
Os perus em poder do pasteleiro,
Esguichar, deitar pulhas, ([220]) laranjadas;

Enfarinhar, pôr rabos, dar risadas,
Gastar para comer muito dinheiro,
Não ter mãos a medir o taverneiro,
Com réstias de cebolas dar pancadas;

Das janelas com tanhos ([221]) dar nas gentes,
A buzina tanger, quebrar panelas,
Querer em um só dia comer tudo;

Não perdoar arroz, nem cuscuz quente,
Despejar pratos, e alimpar tijelas:
Estas as festas são do Santo Entrudo.

---

(220) *deitar pulhas* — pregar peças, armadilhas verbais com que se costumava brincar nos festejos do entrudo, precursores do carnaval no Brasil.

(221) *tanhos* — esteiras ou assentos feitos de tábua.

DESCREVE A PROCISSÃO DE QUARTA-FEIRA DE CINZA EM PERNAMBUCO

SONETO

Um negro magro em sufulié ([222]) justo,
Dous azorragues de um joá pendentes,
Barbado o Peres, mais dois penitentes,
Seis crianças com asas sem mais custo.

De vermelho o mulato mais robusto,
Três fradinhos meninos inocentes,
Dez ou doze brichotes ([223]) mui agentes, ([224])
Vinte ou trinta canelas de ombro onusto.

Sem débita reverência seis andores,
Um pendão de algodão tinto em tijuco,
Em fileira dez pares de menores.

Atrás um cego, um negro, um mamaluco, ([225])
Três lotes de rapazes gritadores:
É a procissão de cinza em Pernambuco.

---

(222) *sufulié* — certo tecido que assim era chamado na época (S. Spina).

(223) *brichotes* — designação pejorativa do estrangeiro.

(224) *agentes* — ativos.

(225) *mamaluco* — mameluco. Esta é a forma que sempre se ouviu no interior do Brasil. Designa os mestiços provindos da fusão do índio com o branco (Spina).

DESCRIÇÃO DA VILA DO RECIFE

SONETO

Por entre o Beberibe e o Oceano,
Em uma areia sáfia e alagadiça,
Jaz o Recife, povoação mestiça,
Que o Belga edificou, ímpio tirano.

O povo é pouco, e muito pouco urbano,
Que vive à mercê de uma lingüiça,
Unha (226) de velha insípida e enfermiça,
E camarões de charco em todo o ano.

As damas cortesãs e mui rasgadas, (227)
Olhas (228) podridas, sopas pestilências
Sempre com purgações, nunca purgadas.

Mas a culpa têm Suas Reverências,
Pois as trazem tão rompidas e escaladas, (229)
Com cordões, com bentinhos e indulgências.

(226) *unha* — presunto (Spina).
(227) *rasgadas* — francas, liberais (Spina).
(228) *olhas* — ver nota 214.
(229) *escaladas* — murmuradas, faladas (Spina).

CELEBRA A GRANDE ALGAZARRA QUE FIZERAM NA FESTA OS ESTRANGEIROS BRINDANDO A QUITOTA, MENINA BATIZADA, SENDO NO TEMPO DA PESTE

SONETO

Se a morte anda de ronda, a vida trota,
Aproveite-se o tempo, e ferva o Baco, (230)
Haja galhofa, e tome-se tabaco,
Venha rodando a pipa, e ande a bota.

Brinde-se a cada triques (231) à Quitota,
Té que a puro brindar se ateste (232) o saco,
E faça-lhe a razão pelo seu caco (233)
Dom Fragaton do Rhin (234) compatriota.

Ande o licor por mão, funda-se a serra,
Esgote-se o tonel, molem-se os rengos.
Toca tará-tará, que o vento berra.

Isto diz que passou entre Flamengos,
Quando veio tanta água sobre a terra,
Como vinho inundou sobre os podengos. (235)

---

(230) *Baco* — deus romano do vinho (Dionísio dos gregos) em honra de quem eram celebradas as *bacanais.*

(231) *a cada triques* — esp., a cada momento, a cada passo; em português existe a expressão correspondente: *a cada triquete.*

(232) *ateste* — *atestar:* abarrotar, encher até em cima.

(233) *caco* — cabeça, juízo.

(234) *Dom Fragaton do Rhin* — *Rhin:* Rio Reno, que desemboca no mar do Norte, na Holanda (a provável procedência dos estrangeiros aqui referidos, citados mais abaixo como *Flamengos*).

(235) *podengos* — cão de menor preço e ser que os rafeiros; caça coelhos e entra na água (Moraes).

CHEGANDO O POETA À VILA DE SÃO FRANCISCO, DESCREVE OS DIVERTIMENTOS QUE ALI PASSAVA, E EM QUE SE ENTRETINHA

SONETO

Há coisa como estar em São Francisco?
Ver como imos ao pasto tomar fresco:
Passam as negras, fala-se burlesco,
Chamam-se ([236]) todas, todas caem no visco.

O peixe roda aqui, ferve o marisco,
Come-se ao grave, bebe-se ao tudesco,
Vêm barcos da cidade com refresco,
Há já tanto biscoito como cisco.

Chega o Faísca, fala, e dá um chasco, ([237])
Começa ao dia, acaba ao lusco fusco,
Não cansa o paladar, rompe-me o casco.

Joga-se em casa, em sendo o dia brusco:
Vem chegando a Páscoa, e se eu me empasco, ([238])
Os lombos de um Tatu é o pão, que busco.

---

(236) *chamam-se* — James Amado registra *fretam-se* (*Obras completas*, VI, p. 1400).

(237) *dá um chasco* — faz troça.

(238) *empasco* — de Páscoa, que pode significar não somente a data religiosa, mas também a refeição desse dia: banquetear, comer.

A UM VIZINHO DÁ CONTA O POETA EM UMA MANHÃ DE INVERNO, DO QUE PASSAVA COM O FRIO

SONETO

Que vai por lá, senhor, que vai por lá?
Como vos vai com este vento Sul?
Que eu já tenho de frio a cara azul,
E mais roxo o nariz que um mangará. (239)

Vós na tipóia, feito um cobepá, (240)
Estais mais regalado que um Gazul, (241)
E eu, sobre o espinhaço de um baul,
Quebrei duas costelas e uma pá.

Traz Isabel o cachimbo a fazer sono,
E se o sono pesar como o cachimbo,
Dormirei mais pesado do que um mono.

Vêm as brasas depois, que valem jimbo,
E eu de frio não durmo, nem ressono,
E sem pena nem glória estou no limbo.

---

(239) *mangará* — parte terminal da inflorescência da bananeira, que é de cor roxa.
(240) *cobepá* — ver notas 95 e 99.
(241) *Gazul* — estará por *gazil* (?): conquistador, triunfante.

DESCREVE O POETA UMA JORNADA QUE FEZ AO RIO VERMELHO COM UNS AMIGOS, E TODOS OS ACONTECIMENTOS

DÉCIMAS

1

Amanheceu finalmente
o domingo da jornada
co'a mais feia madrugada,
que viu nunca o Oriente:
bufava o Sul de valente,
de soberbo o mar roncava,
ninguém a briga apartava,
e eu perplexo, mudo e quedo,
entre valor, e entre medo,
en salgo, y no salgo, ([242]) estava.

2

Resolvi-me, e levantei-me,
posto que o quente da cama
com Gonçalo, e com sua ama
dizendo estava: "Comei-me."
Vesti-me, e aderecei-me,
batem os pais de ganhar, ([243])
mandei-lhes abrir e entrar;
estava a rede à parede,
e em pondo o vulto na rede,
comecei de caminhar.

---

(242) *en salgo, y no salgo* — esp., em saio, e não saio.
(243) *batem os pais de ganhar* — *bater de ganhar:* bater na porta para entrar na casa.

3

Cheguei a São Pedro, e em vão
busquei os mais companheiros,
que devendo ir os primeiros,
não tinham ido até então;
entrei na imaginação
de se acaso me enganassem,
e acaso as bestas faltassem,
que havia eu de fazer?
E foi fácil resolver,
que por bestas lá ficassem.

4

Assim o cri, e era assim,
pois a pouco espaço andado
veio o Jardim esbofado
mais rosado, que um jardim:
"Não vem mais outro rocim?"
lhe perguntei com desdém.
Ele respondeu: "Não vem;
estive aguando os canteiros,
e não acho os companheiros."
Pois não me cheira isto bem.

5

Isto dito, assoma o Freitas,
e eu disse entre duvidoso:
"O Gil é mui belicoso,
mas tem cara de maleitas."
Chegou: e as minhas suspeitas
veio tanto a confirmar,
que disse que o seu tardar
fora causado e nascido
de o rocim lhe haver fugido,
indo ao Tororó parar.

6

"Quem deu tão ruim conselho
(disse eu) a esse catrapó, [244]
pois quer ir ao Tororó,
antes que ao Rio Vermelho?"
Mas um cavalo tão velho,
que já por cerrado perde,
que muito que se deserde,
do vermelho e seus primores,
se deixa todas as cores
um cavalo pelo verde? [245]

7

Que é do Gil? não aparece.
E o Guedes? fica sem besta.
Eia, pois, vamo-nos desta,
que o sol sobe, e a calma cresce:
quem não aparece, esquece;
vamo-nos em conclusão.
Com que eu na rede um cação,
e os dois nas duas cavalas
fazíamos duas alas,
e as alas meio esquadrão.

---

(244) *catrapó — catrapós ou catrapus:* galopar do cavalo, queda súbita e ruidosa, interjeição imitativa do galopar do cavalo ou de queda; no texto, está como metonímia de *cavalo*.

(245) *se deixa todas as cores / um cavalo pelo verde?* — o cavalo deixou de ir ao Rio Vermelho para pastar, preferiu ao vermelho o verde do capim.

8

Assim fomos caminhando
sobre os dois cavalos áscuas,
alegres como umas páscoas,
ora rindo, ora zombando:
eu que estava perguntando
pela viola, ou rabil, (246)
quando ouvimos bradar Gil,
que recostado à guitarra,
garganteava, à bandarra,
letrilhas de mil em mil.

9

Olá, chegou o tudesco:
e já ele entre nós vinha,
posto sobre uma tainha,
feito Arião ao burlesco:
riu-se bem, falou-se fresco,
e eu da viola empossado,
cantava como um quebrado,
tangia como um crioulo,
conversava como um tolo,
e ria como um danado.

10

Apertamos logo o trote,
e em breve fomos chegados,
onde éramos esperados
pelo ilustre Dom Mingote:
ali o nosso sacerdote,
vendo a nova arquitetura
da casa da Virgem pura,
se apeou por venerá-la;
os mais puseram-se em ala,
passei eu, e houve mesura.

---

(246) *rabil* — rabeca rústica de três cordas, de som muito agudo.

11

Tornamos a cavalgar,
e vendo tão pouco siso
tomou o dia tal riso,
que se pôs a escangalhar:
parou tudo em chuviscar,
e os malditos cavaleiros
picaram tanto os sendeiros
que eu mesmo não entendia,
que sendo cavalaria,
fugissem como piqueiros.

12

Eu fiquei com minha mágoa
solitário e abrasado,
dando-me pouco cuidado,
que a rede nadasse em água:
por seu ofício se enxágua
toda a rede n'água clara,
e se esta se não molhara,
com abalo, ou sem abalo,
nem eu vira a São Gonçalo,
nem tão bom jantar pescara.

13

Orvalhado um tanto, ou quanto
o santo me agasalhou,
e logo a chuva passou,
que foi milagre do santo:
tratava-se no entretanto
da missa, e estando esperando
ali vieram chegando
duas belezas ranhosas,
sempre à vista bexigosas,
e feias de quando em quando.

14

Para a missa do santinho
mui pouco vinho se achou,
e ele fez que inda sobrou,
porque é milagroso em vinho:
tomamos dali o caminho
para o porto das jangadas,
ver as casas afamadas
do nosso Domingos Borges,
que sem levarmos alforjes
nos pôs as panças inchadas.

15

O Gil, que é tão folgazão,
se foi ao pasto folgar,
e se outra coisa há de achar,
achou um camaleão:
lançou-lhe intrépido a mão,
e com pulsos tão violentos
cortou ao bruto os alentos,
que depondo o bruto a ira
disse, que depois o vira,
pelo Gil bebia os ventos.

16

Deu-nos gosto, e prazer arto
um caçador tão gentil,
porque vimos que era o Gil
mais lagarto, que o lagarto.
E assim como estava farto
de vento o camaleão,
Gil assim de presunção
tão inchado estava, e duro,
que foi força dar-lhe um furo
para ter evacuação.

17

Sopas de leite almoçamos,
e logo o Guedes chegou,
que nem pão nem leite achou,
e achou, que o apregoamos:
mas todos depois jantamos
uma ôlha imperial,
e houve repolho fatal
ensopado, e não de azeite,
dois pratos de arroz de leite,
e vontade garrafal.

18

Já levantados da mesa
se quis cantar, senão quando
a pança me estava impando,
a goela entupida e presa:
eu tenho esta natureza,
que depois de manducar
não me é possível piar:
será porque certamente
pança farta, pé dormente,
como é adágio vulgar.

19

Sesteamos no areal
onde o mar, por mazumbaia, (247)
refrescando estava a praia
com borrifos de cristal:
a onda piramidal,
que nos ares se desata,
descaindo em grãos de nata
pedia por bom conselho,
que em vez de rio Vermelho,
lhe chamem rio da Prata.

(247) *mazumbaia* — estará ligado figuradamente a alguma qualidade que se atribuía ao *mazombo,* descendente de europeus nascido no Brasil (?).

20

O sol vinha já descendo
por graus, ou degraus do céu,
e a todos nos pareceu
nos fôssemos acolhendo:
foram-se os rocins prendendo,
e selados, e enfreados,
"Allons!" ([248]) dissemos a brados
já postos nos cavalinhos,
e alvoroçando os caminhos,
chegando, fomos chegados.

---

(248) *allons* — franc., vamos.

AO "BRAÇO FORTE" ESTANDO PRESO POR ORDEM DO GOVERNADOR BRAÇO DE PRATA (ANTÔNIO DE SOUSA MENEZES) ([249])

ROMANCE

Preso entre quatro paredes
me tem Sua Senhoria,
por regatão de despachos,
por fundidor de mentiras.

Dizem que sou um velhaco,
e mentem por vida minha,
que o velhaco era o Governo,
e eu a velhacaria.

Quem pensara, e quem dissera,
quem cuidara, e quem diria,
que um braço de prata velha
pouca prata, e muita liga;

Tanto mais que o braço forte
fosse forte, que poria
um cabo de calabouço,
e um soldado de golilha? ([250])

Porém eu de que me espanto,
se nesta terra maldita
pode uma ovelha de prata
mais que dez onças de alquímia?

---

(249) *ao "Braço Forte"* — "Braço Forte" era criado do Governador Antônio de Souza Menezes, chamado o "Braço de Prata", que governou de maio de 1682 a junho de 1684 e causou muitas queixas para Portugal da parte da "nobreza da Bahia" pela perseguição que fez ao Secretário de Estado Bernardo Vieira Ravasco, do que gerou-se uma crise que resultou na suspensão do seu triênio. Nesse poema, Gregório fala em nome do "Braço Forte".

(250) *golilha* — argola de ferro que serve para prender os prisioneiros pelo pescoço.

Quem me chama de ladrão,
erra o trincho à minha vida,
fui assassino de furtos,
mandavam-me, obedecia.

Despachavam-me a furtar,
eu furtava, e abrangia:
serão boas testemunhas
inventários e partilhas.

Eu era o ninho de guincho, (251)
que sustentava e mantinha
com suor das minhas unhas
mais de dez aves rapinas.

O povo era quem comprava,
o General quem vendia,
e eu triste era o corretor
de tão torpes mercancias.

Vim depois a enfadar,
que sempre no mundo fica
aborrecido o traidor,
e a traição muito bem vista.

Plantar de fora o ladrão
quando a ladroíce fica,
Será limpeza de mãos,
mas de mãos mui pouco limpas.

Eles cobraram o seu
dinheiro, açúcar, farinha,
até a mim me embolsaram
nesta hedionda enxovia.

Se foi bem feito, ou mal feito,
o sabe toda a Bahia,
mas se a traição me fizeram,
com eles a traição fica

---

(251) *guincho* — espécie de andorinha.

Eu sou sempre o Braço Forte,
e nesta prisão me anima
que se é casa de pecados,
os meus foram ninharias.

Todo este mundo é prisão,
todo penas e agonias,
até o dinheiro está preso
em um saco que o oprima.

A pipa é prisão do vinho;
e da água fugitiva
(sendo tão leve, ligeira)
é prisão qualquer quartinha.

Os muros de pedra e cal
são prisão de qualquer vila,
d'alma é prisão o corpo,
do corpo é qualquer almilha.

A casca é prisão da fruta,
da rosa é prisão a espinha,
o mar é prisão da terra,
a terra é prisão das minas.

É cárcere do ar um odre,
do fogo é qualquer pedrinha,
e até um céu de outro céu
é uma prisão cristalina.

Na formosura e donaire
de uma muchacha divina
está presa a liberdade,
e na paz a valentia.

Pois se todos estão presos,
que me cansa ou me fadiga,
vendo-me em casa d'el-Rei ([252])
junto à Sua Senhoria?

---

(252) *casa d'el-Rei* — prisão.

Chovam prisões sobre mim,
pois foi tal minha mofina,
que, a quem dei cadeias d'ouro, ([253])
de ferro mas gratifica.

(253) *cadeias d'ouro* — correntes de ouro, adornos; no texto toma o sentido de riquezas: a quem dei riquezas (cadeias de ouro), me devolve aprisionamento (cadeias de ferro).

TOMÁS PINTO BRANDÃO ESTANDO PRESO POR INDÚSTRIAS DE CERTO FRADE: AFOMENTADO NA PRISÃO POR SEUS DOIS IRMÃOS APELIDADOS O FRISÃO E O CHICÓRIA, EM VÉSPERAS QUE ESTAVA O POETA DE IR PARA ANGOLA

SONETO

É uma das mais célebres histó-,
A que te fez prender, pobre Tomá-,
Porque todos te fazem degradá-,
Que no nosso idioma é para Angó-.

Oh se quisesse o Padre Santo Antô-,
Que se falsificara este pressá-,
Para ficar corrido este Frisá-,
E moído em salada este Chicó-.

Mas ai! que lá me vem buscar Mati-,
Que nestes casos é peça de lé-;
Adeus, meus camaradas, e ami-.

Que vou levar cavalos a Bengué-,
Mas se vou a cavalo em um navi-,
Servindo vou a El-Rei por mar, e té-.

EMBARCADO JÁ O POETA PARA O SEU DEGREDO, E POSTOS OS OLHOS NA SUA INGRATA PÁTRIA, LHE CANTA DESDE O MAR AS DESPEDIDAS

ROMANCE

Adeus, praia; adeus, cidade,
e agora me deverás,
a Deus velhaca, dar eu
a quem devo ao demo dar. (254)

Que agora que me devas
dar-te a Deus, como quem cai,
sendo que estás tão caída,
que nem Deus te quererá.

Adeus, povo; adeus, Bahia,
digo, canalha infernal,
e não falo na nobreza,
tábula em que se não dá.

Porque o nobre enfim é nobre,
quem honra tem, honra dá,
pícaros dão picardias,
e inda lhes fica que dar.

E tu, cidade, és tão vil,
que o que em ti quiser campar
não tem mais do que meter-se
a magano, e campará.

---

(254) *dar eu a Deus / a quem devo ao demo dar* — Gregório de Matos explora trocadilhescamente a etimologia da palavra *adeus,* para estabelecer a antítese *dar a Deus / dar ao demo.*

Seja ladrão descoberto
qual águia imperial,
tenha na unha o rapante, (255)
e na vista o perspicaz.

A uns compre, a outros venda,
que eu lhe seguro o medrar,
seja velhaco notório,
e tramoeiro fatal.

Compre tudo e pague nada,
deva aqui, deva acolá,
perca o pejo e a vergonha,
e se casar, case mal.

Com branca não, que é pobreza,
trate de se mascavar; (256)
vendo-se já mascavado,
arrime-se a um bom solar.

Porfiar em ser fidalgo,
que com tanto se achará;
se tiver mulher formosa,
gabe-a por esses poiais; (257)

De virtuosa talvez,
e de entendida outro tal,
introduza-se ao burlesco
nas casas onde se achar.

Que há donzelas de belisco,
que aos punhos se gastará,
trate-lhes um galanteio,
e um frete, que é o principal.

---

(255) *rapante* — termo da heráldica, diz-se dos animais que no brasão estão com as unhas saídas, como que prontas para rapar o solo. Ao lado da conotação heráldica, aristocrática. *rapar* tem o sentido de roubar, rapinar.

(256) *mascavar* — juntar ao açúcar bom o de má qualidade; no texto, miscigenar-se.

(257) *poiais* — *poial:* assento à porta.

Arrime-se a um poderoso,
que lhe alimente o gargaz, (258)
que há pagadores na terra
tão duros como no mar.

A estes faça alguns mandados
a título de agradar,
e conserve-se o afetuoso
confessando o desigual.

Intime-lhe a fidalguia,
que eu creio que lhe crerá,
porque fique ela por ela,
quando lhe ouvir outro tal.

Vá visitar os amigos
no engenho de cada qual,
e comendo-os por um pé
nunca tire o pé de lá.

Que os Brasileiros são bestas,
e estarão a trabalhar
toda a vida por manter
maganos de Portugal.

Como se vir homem rico,
tenha cuidado em guardar,
que aqui honram os mofinos,
e mofam dos liberais.

No Brasil a fidalguia
no bom sangue nunca está,
nem no bom procedimento,
pois logo em que pode estar?

(258) *gargaz* — está por *gargau:* lugar onde come o peixe-boi; no texto, *alimentar o gargaz:* sustentar.

Consiste em muito dinheiro,
e consiste em o guardar,
cada um o guarde bem,
para ter que gastar mal.

Consiste em dá-lo a maganos
que o saibam lisonjear,
dizendo que é descendente
da casa de Vila Real.

Se guardar o seu dinheiro,
onde quiser casará:
os sogros não querem homens,
querem caixas de guardar.

Não coma o genro, nem vista,
que esse é genro universal;
todos o querem por genro,
genro de todos será.

Oh! assolada veja eu
Cidade tão suja e tal,
avesso de todo o mundo,
só direita em se entortar.

Terra, que não parece
neste mapa universal
com outra; ou são ruins todas,
ou ela somente é má.

DESCREVE O QUE REALMENTE SE PASSARA NO REINO DE ANGOLA, QUANDO LÁ SE ACHAVA O POETA

SONETO

Parar la vida, sin sentir que para, (259)
De gustos falta, y de esperanzas llena,
Volver atrás pisando en seca arena,
Sufrir un sol que como fuego abraza.

Beber de las cacimas água basa,
Comer mal pez a medio dia y cena,
Oir por qualquer parte una cadena,
Ver dar açotes sin piedad, ni tasa.

Verse uno rico por encantamiento,
Y señor, quando a penas fué creado,
No temer de quien fué conocimiento;

Ser mentiroso por razon de estado,
Vivir en ambición siempre sediento,
Morir de deudas, y pezar cargado.

---

(259) *para* — James Amado registra "Passar la vida, sin sentir que passa" (*Obras completas,* VII, p. 1602)

AOS VÍCIOS

TERCETOS

Eu sou aquele, que os passados anos
cantei na minha lira maldizente
torpezas do Brasil, vícios e enganos.

E bem que os descantei ([260]) bastantemente,
canto segunda vez na mesma lira
o mesmo assunto em pletro ([261]) diferente.

Já sinto que me inflama e que me inspira
Talia, ([262]) que Anjo é da minha guarda
Dês que Apolo ([263]) mandou que me assistira.

Arda Baiona, ([264]) e todo o mundo arda,
Que a quem de profissão falta à verdade,
Nunca a dominga das verdades tarda.

Nenhum tempo excetua a cristandade
Ao pobre pegureiro do Parnaso ([265])
Para falar em sua liberdade.

A narração há de igualar ao caso,
E se talvez ao caso não iguala,
Não tenho por Poeta o que é Pegaso. ([266])

---

(260) *descantei* — *descantar:* cantar acompanhado de um instrumento (viola, lira, etc.).

(261) *pletro* — pena, palheta usada para vibrar as cordas do instrumento; fig., modo, tom.

(262) *Talia* — musa da Comédia.

(263) *Apolo* — figura mitológica, símbolo de perfeição.

(264) *Baiona* — cidade da Galízia onde se deram várias batalhas entre Espanha e Portugal.

(265) *pegureiro do Parnaso* — pastor do Parnaso, monte onde se reuniam as musas e Apolo. Entenda-se: o mais ínfimo dos poetas (Amora).

(266) *Pegaso* — mit., por *Pégaso,* o cavalo alado, nascido do sangue de Medusa, que, com uma patada, fez nascer a fonte de Hipocrene, inspiradora dos poetas. Deve entender-se: se o talento literário do poeta não for bastante para a elaboração poética do assunto, pouco valor tivera a invocação de Hipocrene (Spina).

De que pode servir calar quem cala?
Nunca se há de falar o que se sente?!
Sempre se há de sentir, o que se fala.

Qual homem pode haver tão paciente,
Que vendo o triste estado da Bahia,
Não chore, não suspire e não lamente?

Isto faz a discreta fantasia:
Discorre em um e outro desconcerto,
Condena o roubo, increpa a hipocrisia.

O néscio, o ignorante, o inexperto,
Que não elege o bom, nem mau reprova,
Por tudo passa deslumbrado e incerto.

E quando vê talvez na doce trova
Louvado o bem, e o mal vituperado,
A tudo faz focinho, e nada aprova.

Diz logo prudentaço e repousado:
Fulano é um satírico, é um louco,
De língua má, de coração danado.

Néscio, se disso entendes nada ou pouco,
Como mofas com riso e algazarras
Musas, que estimo ter, quando as invoco?

Se souberas falar, também falaras,
Também satirizaras, se souberas,
E se foras poeta, poetizaras.

A ignorância dos homens destas eras
Sisudos faz ser uns, outros prudentes,
Que a mudez canoniza bestas feras.

Há bons, por não poder ser insolentes,
Outros há comedidos de medrosos,
Não mordem outros não, por não ter dentes.

Quantos há que os telhados têm vidrosos,
E deixam de atirar sua pedrada,
De sua mesma telha receosos?

Uma só natureza nos foi dada;
Não criou Deus os naturais diversos;
Um só Adão criou, e esse de nada.

Todos somos ruins, todos perversos,
Só nos distingue o vício e a virtude,
De que uns são comensais, outros adversos.

Quem maior a tiver, do que eu ter pude,
Esse só me censure, esse me note,
calem-se os mais, chiton, e haja saúde. ([267])

(267) *chiton, e haja saúde* — *chiton:* ver nota 208; *haja saúde:* fórmula de despedida, muito usada na literatura latina (*vale, bene valeat,* etc.).

POESIA DE CIRCUNSTÂNCIA

II

Encomiástica

Dou pruden nobre huma afá
to te no vel
Re cien benig e aprazí

Úni singular ra inflexí
co ro vel
Magnífi precla incompará

Do mun grave ju inimitá
do is vel
Admira goza aplauso incrí

Po a trabalho tan e t terrí
is to ão vel
Da pron execuç sempre incansá

Voss fa senhor sej notór
a ma a ia
L no cli onde nunc chega o d

Ond do Ere só se tem memór
e bo (1) ia
Para qu gar tal tanta energ

Po de tod est terr é gentil glór
is a a a ia
Da ma remot sej um alegr

(1) *Erebo* — mit., nome das trevas infernais, "onde nunca chega o dia". Entenda-se: já que tanto garbo e tanta energia são gentil glória desta terra, que sejam também alegria da terra mais remota (isto é, o Erebo).

AO BOM GOVERNADOR ANTÔNIO LUÍS (2)

SONETO-CAUDÁTICO (3)

O Apolo, (4) de ouro fino coroado;
O Marte, (5) em um Adônis (6) desmentido;
O Fênix, (7) entre aromas renascido;
O cisne, em doces cláusulas banhado:

O abril, de mil galas matizado;
O maio, de mil cores guarnecido;
O Parnaso, (8) de plectros aplaudido;
E o Sol, de ambos os mundos venerado:

O prodígio maior, que tudo o aclama,
O assunto melhor da fama digno;
Do tronco mais ilustre a melhor rama:

O herói celestial, quase divino,
O maior que o seu nome, e a sua fama;
É esse que estás vendo, oh peregrino.

Prossegue pois agora o teu destino;
E a qualquer de que fores perguntado,
Dirás que o bom Governo é já chegado.

---

(2) *Governador Antônio Luís* — este soneto deve dirigir-se não a Antônio Luís Gonçalves da Câmara Coutinho, duramente satirizado por Gregório, mas ao Marquês de Minas Antônio Luís de Sousa Teles e Menezes, que governou de 1684 a 1687. Dele, diz um cronista: "Com a sua incomparável afabilidade compôs este fidalgo as desordens dos moradores da Bahia, em que refundiram os males que padeciam; e não podendo evitar os do contágio chamado da *bicha* que no segundo ano do seu governo sobreveio à Bahia, o remediou com notáveis desvelos e assistências" (...) (Luís dos Santos Vilhena, *A Bahia no século XVIII*, vol. 2, Bahia, Editora Itapuã, 1969, p. 400).

(3) *soneto-caudático* — o soneto tem um terceto acrescentado, que retoma a rima da primeira estrofe.

(4) *Apolo* — mit., deus da música e da poesia, inspirador dos poetas.

(5) *Marte* — mit., deus da guerra.

(6) *Adônis* — mit., divindade que representa a beleza masculina.

(7) *Fênix* — mit., pássaro fabuloso que renasceria das próprias cinzas, representando a imortalidade.

(8) *Parnaso* — mit., monte do qual Apolo presidiria os jogos das Musas.

CHEGANDO À BAHIA O ARCEBISPO D. JOÃO FRANCO DE OLIVEIRA, QUE HAVIA SIDO BISPO DE ANGOLA

SONETO

Hoje os Matos incultos da Bahia,
Se não suave for, ruidosamente
Cantem a boa vinda do eminente
Príncipe desta sacra Monarquia.
Hoje em Roma de Pedro se lhe fia
Segunda vez a barca e o tridente,
Porque a pesca, que fez já no Oriente,
O destinou para a do Meio dia.

Ó se quisesse Deus, que sendo ouvida
A Musa bronca dos incultos Matos,
Ficasse a vossa púrpura atraída!

Ó se como Aream, (9) que a doces tratos
Uma pedra atraiu endurecida,
Atraísse eu, Senhor, vossos sapatos!

(9) *Aream* — mit., por *Arião:* músico protegido por Apolo, a cujo canto acorreram os delfins e o salvaram da morte iminente.

ENGRANDECE O POETA A ILHA DE GONÇALO DIAS, ONDE VÁRIAS VEZES FOI REFUGIADO, E FAVORECIDO DO MESMO SENHORIO

SONETO

Ó ilha rica, inveja de Cambaia,
Fértil de peixe, frutas, e marisco;
Mais Galegos na praia, do que cisco,
Mais cisco nos Galegos, que na praia.

Tu a todo o Brasil podes dar vaia,
Pois tantos lucros dás a pouco risco,
Tu abundas aos filhos de Francisco
Picote de cação, burel de arraia.

Tu só em cocos dás à frota o lastro,
Fruta em tonéis, à china as toneladas,
Tu tens a sua carga a teu cuidado.

Se sabe o preclaríssimo Lencastro, ([10])
Que tais serviços fazes às armadas,
Creio, que há de fazer de ti um condado.

(10) *o preclaríssimo Lencastro* — João de Lencastro, governou de 1694 a 1702, realizando um grande número de obras. Durante o seu governo, Gregório de Matos veio a ser depoitado para Angola, apesar de ser o poeta amigo do governador (segundo a versão do Licenciado Manuel Pereira Rabelo, biógrafo de Gregório, a atitude do governador visava a protegê-lo...).

DESCREVE A ILHA DE ITAPARICA COM SUA APRAZÍVEL FERTILIDADE, E LOUVA DE CAMINHO AO CAPITÃO LUÍS CARNEIRO, HOMEM HONRADO E LIBERAL, EM CUJA CASA SE HOSPEDOU

SONETO

Ilha de Itaparica, alvas areias,
Alegres praias, frescas, deleitosas,
Ricos polvos, lagostas deliciosas,
Farta de Putas, (11) rica de baleias.

As Putas, tais ou quais não são más preias,
Pícaras, ledas, brandas, carinhosas,
Para o jantar as carnes saborosas,
O pescado excelente para as ceias.

O melão de ouro, a fresca melancia,
Que vem no tempo, em que aos mortais abrasa
O sol inquisidor de tanto oiteiro.

A costa, que o imita na ardentia,
E sobretudo a rica, e nobre casa
Do nosso Capitão Luís Carneiro.

---

(11) *Putas* — Afrânio Peixoto registra *Ninfas*.

AO PROVEDOR DA FAZENDA REAL FRANCISCO LAMBERTO FAZENDO NA RIBEIRA O FAMOSO GALEÃO S. JOÃO DE DEUS

SONETO

Fazer um passadiço de madeira,
Pelo qual se haja de ir daqui a Lisboa,
É fazermos pessoa por pessoa
Vizinhos de São Paulo ou da Ribeira.

Esta alta ponte estável, e veleira
Tal virtude terá de popa a proa,
Que orbes avizinhando a esta coroa,
A esfera habitaremos derradeira.

Por esta ponte, e passadiço de ouro
Conduzireis os pomos mais fecundos
Que o de Vênus esférico tesouro.

E serão vossos anos tão jucundos
Em todo o Orbe, que o Planeta louro
Dirá, que dais a Pedro novos mundos.

A UM FULANO DA SILVA, EXCELENTE CANTOR, OU POETA

SONETO

Tomas a lira, Orfeu (12) divino? tá,
A lira larga de vencido, que
Canoros pasmos te prevejo, se
Cadências deste Apolo (13) ouviras cá;

Vivas as pedras nessas brenhas lá
Mover fizeste, mas que é nada vê:
Porque este Apolo em contrapondo o ré
Deixa em teu canto dissonante o fá.

Bem podes, Orfeu, já por nada dar
A lira, que nos astros se te pôs,
Porque não tinha entre os dous pólos par.

Pois o Silva Arião (14) da nossa foz
Dessas sereias músicas do mar,
Suspende os cantos e emudece a voz.

---

(12) *Orfeu* — mit., o cantor por excelência, músico e poeta, seria o inventor da lira e da cítara, apaziguador das plantas, dos bichos e dos homens. Com a sua lira, corresponde no céu a uma constelação.
(13) *Apolo* — ver nota 4.
(14) *Arião* — ver nota 9.

POESIA AMOROSA

I

Lírica

PONDERA AGORA COM MAIS ATENÇÃO A FORMOSURA DE D. ÂNGELA

SONETO

Não vira em minha vida a formosura,
Ouvia falar nela cada dia,
E ouvida me incitava, e me movia
A querer ver tão bela arquitetura:

Ontem a vi por minha desventura
Na cara, no bom ar, na galhardia
De uma mulher, que em Anjo se mentia;
De um Sol, que se trajava em criatura:

Matem-me, disse eu vendo abrasar-me,
Se esta a cousa não é, que encarecer-me
Sabia o mundo, e tanto exagerar-me:

Olhos meus, disse então por defender-me,
Se a beleza heis de ver para matar-me,
Antes olhos cegueis, do que eu perder-me.

ROMPE O POETA COM A PRIMEIRA IMPACIÊNCIA QUERENDO DECLARAR-SE E TEMENDO PERDER POR OUSADO

SONETO

Anjo no nome, Angélica na cara!
Isso é ser flor, e Anjo juntamente:
Ser Angélica flor, e Anjo florente,
Em quem, senão em vós, se uniformara:

Quem vira uma tal flor, que a não cortara,
De verde pé, da rama florescente;
E quem um Anjo vira tão luzente,
Que por seu Deus o não idolatrara?

Se pois como Anjo sois dos meus altares,
Fôreis o meu Custódio, e a minha guarda,
Livrara eu de diabólicos azares.

Mas vejo, que por bela, e por galharda,
Posto que os Anjos nunca dão pesares,
Sois Anjo, que me tenta, e não me guarda.

CHORA O POETA DE UMA VEZ PERDIDAS AS ESPERANÇAS QUE TEVE DE CONSEGUIR POR ESPOSA A D. ÂNGELA

SONETO

A Deus, (1) vão pensamento, a Deus cuidado,
Que eu te mando de casa despedido,
Porque sendo de uns olhos bem nascido,
Foste com desapego mal tratado.

Nasceste de um acaso não pensado,
E criou-te um olhar pouco advertido,
Cresceu-te o esperar de um entendido,
E às mãos morreste de um desesperado:

Ícaro foste, que atrevidamente
Te remontaste à esfera da luz pura,
De donde te arrojou teu vôo ardente.

Fiar no sol é irracional loucura;
Porque nesse brandão dos céus luzente
Falta a razão, se sobra a formosura.

---

(1) *A Deus* — adeus.

ADMIRÁVEL EXPRESSÃO QUE FAZ O POETA DE SEU ATENCIOSO SILÊNCIO

SONETO

Largo em sentir, em respirar sucinto,
Peno, e calo, tão fino, e tão atento,
Que fazendo disfarce do tormento,
Mostro que o não padeço, e sei que o sinto.

O mal, que fora encubro, ou que desminto,
Dentro no coração é que o sustento:
Com que, para penar é sentimento,
Para não se entender, é labirinto.

Ninguém sufoca a voz nos seus retiros;
Da tempestade é o estrondo efeito:
Lá tem ecos a terra, o mar suspiros.

Mas oh do meu segredo alto conceito!
Pois não chegam a vir à boca os tiros
Dos combates que vão dentro no peito.

DESCREVE COM GALHARDA PROPRIEDADE O LABIRINTO CONFUSO DE SUAS DESCONFIANÇAS

SONETO

Ó caos confuso, labirinto horrendo,
Onde não topo luz, nem fio achando;
Lugar de glória, aonde estou penando;
Casa da morte, aonde estou vivendo!

Oh voz sem distinção, Babel ([2]) tremendo;
Pesada fantasia, sono brando;
Onde o mesmo que toco, estou sonhando;
Onde o próprio que escuto, não o entendo.

Sempre és certeza, nunca desengano;
E a ambas pretensões com igualdade,
No bem te não penetro, nem no dano.

És ciúme martírio da vontade;
Verdadeiro tormento para engano;
E cega presunção para verdade.

---

(2) *Babel* — bíblico: torre inacabada por castigo divino; quando de sua construção os homens viram seus idiomas se confundirem, gerando o desentendimento que os obrigou a se dispersarem. Por extensão, desentendimento, confusão.

OUTRA IMAGEM NÃO MENOS ELEGANTE DA MATÉRIA ANTECEDENTE

SONETO

Horas contando, numerando instantes,
Os sentidos à dor, e à glória atentos,
Cuidados cobro, acuso pensamentos,
Ligeiros à esperança, [3] ao mal constantes.

Quem partes concordou tão dissonantes?
Quem sustentou tão vários sentimentos;
Pois para glória, excedem de tormentos,
Para martírio, ao bem são semelhantes?

O prazer [4] com a pena se embaraça;
Porém quando um com outro mais porfia,
O gosto corre, a dor apenas passa:

Vai ao tempo alterando à fantasia;
Mas sempre com vantagem na desgraça,
Horas de inferno, instantes de alegria.

---

(3) *Ligeiros à esperança* — Afrânio Peixoto registra: *À esperança ligeiros.*
(4) *Prazer* — Afrânio Peixoto registra *pesar.*

SEGUNDA IMPACIÊNCIA DO POETA

SONETO

Cresce o desejo; falta o sofrimento; (5)
Sofrendo morro; morro desejando:
Por uma, e outra parte estou penando,
Sem poder dar alívio ao meu tormento.

Se quero declarar meu pensamento,
Está-me um gesto (6) grave acovardando;
E tenho por melhor morrer calando,
Que fiar-me de um néscio atrevimento.

Quem pretende alcançar, espera; e cala;
Porque quem temerário se abalança,
Muitas vezes o Amor o desiguala:

Pois se aquele, que espera, sempre alcança;
Quero ter por melhor morrer sem fala;
Que falando, perder toda a esperança.

---

(5) *Cresce o desejo; falta o sofrimento* — há manuscritos que atribuem esse poema a Diogo Gomes de Figueiredo (V. Aguiar e Silva, *Maneirismo e Barroco na poesia lírica portuguesa*).

(6) *gesto* — Afrânio Peixoto registra *gosto*.

PERGUNTA-SE NESTE PROBLEMA QUAL É MAIOR, SE O BEM PERDIDO NA POSSE, OU O QUE SE PERDE ANTES DE SE LOGRAR? DEFENDE O BEM JÁ POSSUÍDO

SONETO

Quem perde o bem, que teve possuído,
A morte não dilate ao sentimento,
Que esta dor, esta mágoa, este tormento
Não pode ter tormento parecido.

Quem perde o bem logrado, tem perdido
O discurso, a razão, o entendimento,
Porque caber não pode em pensamento
A esperança de ser restituído.

Quando fosse a esperança alento à vida,
Té nas faltas do bem seria engano
O presumir melhoras desta sorte.

Porque, onde falta o bem é homicida
A memória, que atalha o próprio dano,
O refúgio, que priva a mesma morte.

DEFENDE-SE O BEM QUE SE PERDEU NA ESPERANÇA PELOS MESMOS CONSOANTES

SONETO

O bem que não chegou ser possuído
Perdido causa tanto sentimento,
Que faltando-lhe a causa do tormento
Faz ser maior tormento o padecido.

Sentir o bem logrado, e já perdido,
Mágoa será do próprio entendimento;
Porém o bem, que perde um pensamento
Não o deixa outro bem restituído.

Se o logro satisfaz a mesma vida
E depois de logrado fica engano
A falta, que o bem faz em qualquer sorte

Infalível será ser homicida;
O bem, que sem ser mal motiva o dano,
O mal, que sem ser bem apressa a morte.

CHORA UM BEM PERDIDO, PORQUE O DESCONHECEU NA POSSE

SONETO

Porque não merecia o que lograva,
Deixei como ignorante o bem que tinha,
Vim sem considerar aonde vinha,
Deixei sem atender o que deixava:

Suspiro agora em vão o que gozava,
Quando não me aproveita a pena minha,
Que quem errou sem ver o que convinha,
Ou entendia pouco, ou pouco amava.

Padeça agora, e morra suspirando
O mal, que passo, o bem que possuía;
Pague no mal presente o bem passado.

Que quem podia, e não quis viver gozando
Confesse, que esta pena merecia,
E morra, quando menos confessado.

NO FLUXO E REFLUXO DA MARÉ ENCONTRA O POETA INCENTIVO PARA RECORDAR SEUS MALES

SONETO

Seis horas enche e outras tantas vaza
A maré pelas margens do oceano,
E não larga a tarefa um ponto no ano,
Porquanto o mar rodeia, e o sol abrasa.

Desde a esfera primeira opaca, ou rasa,
A Lua com impulso soberano
Engole o mar por um secreto cano,
E quando o mar vomita, o mundo arrasa. ([8])

Muda-se o tempo, e suas temperanças,
Até o céu se muda, a terra, os mares,
E tudo está sujeito a mil mudanças.

Só eu, que todo o fim de meus pesares
Eram de algum minguante as esperanças,
Nunca o minguante vi de meus azares.

---

(8) *...o mundo arrasa* — Afrânio Peixoto registra nos versos 5-6: "Sincopa o mar por um secreto cano, / Inchaça o mar por uma ardente brasa."

ENFADA-SE O POETA DO ESCASSO PROCEDER DE SUA SORTE

SONETO

Oh que cansado trago o sofrimento,
Oh que injusta pensão da humana vida,
Que dando-me o tormento sem medida,
Me encurta o desafogo de um contento!

Nasceu para oficina ([9]) do tormento
Minha alma, a seus desgostos tão unida,
Que por manter-se em posse de afligida
Me concede os pesares de alimento.

Em mim não são as lágrimas bastantes
contra incêndios, que ardentes me maltratam,
Nem estes contra aqueles são possantes.

Contrários contra mim em paz se tratam,
E estão em ódio meu tão conspirantes,
Que só por me matarem não se matam.

(9) *oficina* — tem o sentido de "lugar onde se opera transformação notável".

A UMA SAUDADE

SONETO

Em o horror desta muda soledade,
Onde voando os ares a porfia,
Apenas solta a luz a aurora fria,
Quando a prende da noite a escuridade.

Ah cruel apreensão de uma saudade!
De uma falsa esperança fantasia,
Que faz que de um momento passe a um dia,
E que de um dia passe à eternidade!

São da dor os espaços sem medida,
E a medida das horas tão pequena,
Que não sei como a dor é tão crescida.

Mas é troca cruel, que o fado ordena;
Porque a pena me cresça para a vida,
Quando a vida me falta para a pena.

VAGAVA O POETA POR AQUELES RETIROS FILOSOFANDO EM SUA DESDITA SEM PODER DESAPEGAR AS HARPIAS DE SEU JUSTO SENTIMENTO

SONETO

Quem viu mal como o meu, sem meio ativo?
Pois no que me sustenta, e me maltrata,
É fero quando a morte me dilata,
Quando a vida me tira é compassivo!

Oh do meu padecer alto motivo!
Mas oh do meu martírio pena ingrata!
Uma vez inconstante, pois me mata;
Muitas vezes cruel, pois me tem vivo.

Já não há não remédio, confianças;
Que a Morte a destruir não tem alentos;
Quando a Vida em penar não tem mudanças:

E quer meu mal, dobrando os meus tormentos,
Que esteja morto para as esperanças,
E que ande vivo para os sentimentos.

AO RIO DE CAÍPE RECORRE QUEIXOSO O POETA DE QUE SUA SENHORA ADMITE POR ESPOSO OUTRO SUJEITO

SONETO

Suspende o curso, oh Rio retorcido, [10]
Tu que vens a morrer aonde eu morro,
Enquanto contra amor me dá socorro
Algum divertimento, algum olvido.

Não corras lisonjeiro, e divertido,
Quando em fogo de amor a ti recorro;
E quando o mesmo incêndio, em que me torro,
Teu vizinho cristal tem já vertido.

Pois já meu pranto inunda teus escolhos,
Não corras, não te alegres, não te rias,
Não prateies verdores, cinge abrolhos.

Que não é bem que tuas águas frias
Sendo de pranto chorado de meus olhos,
Tenham que rir em minhas agonias.

---

(10) *Suspende o curso, oh rio retorcido* — esse soneto é praticamente a tradução de um poema de Quevedo.

NAMORADO, O POETA FALA COM UM ARROIO

SONETO

Como corres, arroio fugitivo?
Adverte, para, pois precipitado
Corres soberbo, como o meu cuidado,
Que sempre a despenhar se corre altivo.

Torna atrás, considera discursivo,
Que esse curso, que levas apressado,
No caminho, que emprendes despenhado
Te deixa morto, e me retrata vivo.

Porém corre, não pares, pois o intento,
Que teu desejo conseguir procura,
Logra o ditoso fim do pensamento.

Triste de um pensamento sem ventura,
Que tendo venturoso o nascimento,
Não acha assim ditosa a sepultura.

A UM PENHASCO VERTENDO ÁGUA

SONETO

Como exalas, penhasco, o licor puro,
Lacrimante a floresta lisonjeando?
Se choras por ser duro, isso é ser brando,
Se choras por ser brando, isso é ser duro.

Eu, que o rigor lisonjear procuro,
No mal me rio, dura penha, amando;
Tu, penha, sentimentos ostentando,
Que enterneces a selva, te asseguro.

Se a desmentir afetos me desvio,
Prantos, que o peito banham, corroboro,
De teu brotado humor, regato frio.

Chora festivo já, cristal sonoro;
Que quanto choras se converte em rio,
E quanto eu rio, se converte em choro.

AOS AFETOS, E LÁGRIMAS DERRAMADAS NA AUSÊNCIA DA DAMA A QUEM QUERIA BEM

SONETO

Ardor em firme coração nascido;
Pranto por belos olhos derramado;
Incêndio em mares de água disfarçado;
Rio de neve em fogo convertido:

Tu, que em um peito abrasas escondido;
Tu, que em um rosto corres desatado;
Quando fogo, em cristais aprisionado;
Quando cristal em chamas derretido.

Se és fogo como passas brandamente,
Se és neve, como queimas com porfia?
Mas ai, que andou Amor em ti prudente!

Pois para temperar a tirania,
Como quis que aqui fosse a neve ardente,
Permitiu parecesse a chama fria.

AO MESMO ASSUNTO E NA MESMA OCASIÃO

SONETO

Corrente, que do peito destilada
Sois por dois belos olhos despedida;
E por carmim correndo dividida
Deixais o ser, levais a cor mudada.

Não sei, quando caís precipitada,
Às flores que regais tão parecida,
Se sois neves por rosa derretida,
Ou se rosa por neve desfolhada.

Essa enchente gentil de prata fina,
Que de rubi por conchas se dilata,
Faz troca tão diversa e peregrina,

Que no objeto, que mostra, ou que retrata,
Mesclando a cor purpúrea, à cristalina,
Não sei quando é rubi, ou quando é prata.

ADMIRÁVEL EXPRESSÃO DE AMOR MANDANDO-SE-LHE PERGUNTAR COMO PASSAVA

SONETO

Aquele não sei quê, que, Inês, te assiste
No gentil corpo, e na graciosa face,
Não sei donde te nasce, ou não te nasce,
Não sei onde consiste, ou não consiste.

Não sei o quando ou como arder me viste,
Porque Fênix ([11]) de amor me eternizasse:
Não sei como renasce ou não renasce,
Não sei como persiste ou não persiste.

Não sei como me vai, ou como ando,
Não sei o que me dói, ou porque parte,
Não sei se vou vivendo, ou acabando.

Como logo meu mal hei de contar-te,
Se, de quanto a minha alma está penando,
Eu mesmo, que o padeço, não sei parte?! ([12])

---

(11) *Fênix* — ave mitológica que renasce das próprias cinzas; símbolo da imortalidade.

(12) *não sei parte* — não tenho notícia, não o conheço.

A UMA DAMA DORMINDO JUNTO A UMA FONTE

SONETO

À margem de uma fonte, que corria,
Lira doce dos pássaros cantores
A bela ocasião das minhas dores
Dormindo estava ao despertar do dia.

Mas como dorme Sílvia, não vestia
O céu seus horizontes de mil cores;
Dominava o silêncio entre as flores,
Calava o mar, e rio não se ouvia.

Não dão o parabém à nova Aurora
Flores canoras, pássaros fragrantes,
Nem seu âmbar respira a rica Flora.

Porém abrindo Sílvia os dois diamantes,
Tudo a Sílvia festeja, tudo adora
Aves cheirosas, flores ressonantes.

AO PÉ DAQUELE PENHASCO LACRIMOSO QUE JÁ DISSEMOS PRETENDE MODERAR SEU SENTIMENTO, E RESOLVE, QUE A SOLEDADE O NÃO ALIVIA

SONETO

Na parte da espessura mais sombria,
Onde uma fonte de um rochedo nasce,
Com os olhos na fonte, a mão na face,
Sentado, o Pastor Sílvio assim dizia:

Ai! como me mentiu a fantasia,
Cuidando nesta estância repousasse;
Que importa, que eu a sede mitigasse,
Se da saudade cresce a hidropisia.

Solte o Zéfiro brando os seus alentos,
E excite no meu peito amantes fráguas,
Que subam da corrente os movimentos.

Que é tirana oficina para as mágoas
Ouvir nas folhas combater os ventos,
Por entre as pedras murmurar as águas.

PINTURA ADMIRÁVEL DE UMA BELEZA

SONETO

Vês esse sol de luzes coroado?
Em pérolas a aurora convertida?
Vês a lua de estrelas guarnecida?
Vês o céu de planetas adorado?

O céu deixemos; vês naquele prado
A rosa com razão desvanecida?
A açucena por alva presumida?
O cravo por galã lisonjeado?

Deixa o prado; vem cá, minha adorada:
Vês desse mar a esfera cristalina
Em sucessivo aljôfar desatada?

Parece aos olhos ser de prata fina?
Vês tudo isto bem? Pois tudo é nada
À vista do teu rosto, Catarina.

RETRATA O POETA AS PERFEIÇÕES DE SUA SENHORA, À IMITAÇÃO DE OUTRO SONETO QUE FEZ FILIPE IV A UMA DAMA, SOMENTE COM TRADUZI-LO NA LÍNGUA PORTUGUESA

SONETO

Se há de ver-vos quem há de retratar-vos
E é forçoso cegar quem chega a ver-vos,
Sem agravar meus olhos, e ofender-vos,
Não há de ser possível copiar-vos.

Com neve, e rosas quis assemelhar-vos,
Mas fôra honrar as flores, e abater-vos;
Dois zéfiros por olhos quis fazer-vos;
Mas quando sonham eles de imitar-vos?

Vendo que a impossíveis me aparelho,
Desconfiei da minha tinta imprópria,
E a obra encomendei a vosso espelho.

Porque nele com luz, e côr mais própria
Sereis, se não me engana o meu conselho,
Pintor, pintura, original, e cópia.

SOLITÁRIO EM SEU MESMO QUARTO À VISTA DA LUZ DO CANDEEIRO PORFIA O POETA PENSAMENTEAR EXEMPLOS DE SEU AMOR NA BARBOLETA

SONETO

Ó tu do meu amor fiel traslado
Mariposa, entre as chamas consumida,
Pois se à força do ardor perdes a vida,
A violência do fogo me há prostrado.

Tu de amante o teu fim hás encontrado,
Essa flama girando apetecida,
Eu girando uma penha endurecida,
No fogo, que exalou, morro abrasado.

Ambos, de firmes, anelando chamas,
Tu a vida deixas, eu a morte imploro,
Nas constâncias iguais, iguais nas famas.

Mas, ai!, que a diferença entre nós choro;
Pois acabando tu ao fogo, que amas,
Eu morro, sem chegar à luz, que adoro.

A UMA FREIRA QUE NAQUELA CASA SE LHE APRESENTOU RICAMENTE VESTIDA, E COM UM REGALO DE MARTAS

SONETO

De uma rústica pele que antes dera
A um bruto o monte, fez regalo Armida
Por ser na fera a gala conhecida,
Como na condição já de antes era.

Menos que Armida já se considera
Ser a fera, pois perde a doce vida,
Por Armida cruel, e esta homicida
Por vestir-se, a fereza despe à fera.

Se era negra, e feroz por natureza
Com tal mão animada a pele goza
De um cordeirinho a mansidade, e a alvura.

Ó que tal é de Armida a mão formosa,
Que faz perder às feras a fereza,
E trocar-se a fealdade em formosura.

RATIFICA SUA FIDALGA RESOLUÇÃO TIRANDO DENTRE SALAMANDRA, E BARBOLETA O MAIS SEGURO DOCUMENTO PARA BEM AMAR

SONETO

Renasce Fênix ([13]) quase amortecida,
Barboleta, no incêndio desmaiada;
Porém se amando vives abrasada,
Ai como temo morras entendida!

Se te parece estar restituída
No que te julgo já ressuscitada,
Quanto emprendes de vida renovada,
Perece na morte envelhecida.

Mas se em fogo de amor ardendo nasces,
Barboleta, o contrário mal discorres,
Que para eterna pena redivives.

Reconcentra esse ardor, com que renasces,
Que se qual Barboleta em fogo morres,
É melhor, Salamandra, o de que vives. ([14])

---

(13) *Fênix* — ver nota 11.

(14) *o de que vives* — a versão de Afrânio Peixoto para os versos 12-14 é: "Pois me diz esse ardor, com que renasces, / Se, Barboleta, nesse fogo morres, / No mesmo fogo, Salamandra, vives."

INCREPA JOCOSAMENTE AO RAPAZ CUPIDO POR TANTAS DILAÇÕES

SONETO

Amor, cego, rapaz, travesso, e zorro,
Formigueiro, [15] ladrão, mal doutrinado,
Em que lei achai vós, que um home honrado
Há de andar trás de vós como um cachorro?

Muitos dias, mancebinho, há, que morro
Por colher-vos um tanto descuidado,
Que à fé que bem de mim tendes zombado,
Pois me fazeis cativo, sendo forro.

Não vos há de valer erguer o dedo
Se desatando a voz da língua muda
Me não dais minha carta de alforria.

Mas em tal parte estais, que tenho medo,
Que alguém poderá haver, que vos acuda,
Sem que pagueis tamanha rapazia. [16]

---

(15) *formigueiro* — termo antigo e popular: larápio, ratoneiro.
(16) *rapazia* — rapinagem, subtração.

SONHO QUE TEVE COM UMA DAMA ESTANDO PRESO NA CADEIA

SONETO

Adormeci ao som do meu tormento; ([17])
E logo vacilando a fantasia,
Gozava mil portentos de alegria,
Que todos se tornaram sombra e vento.

Sonhava, que gozava o pensamento
Com liberdade o bem que mais queria,
Fortuna venturosa, claro dia;
Mas ai, que foi um vão contentamento!

Estava, oh Clóris minha, possuindo
Desse formoso gesto a vista pura;
Alegre glórias mil imaginando.

Mas acordei; e tudo resumindo,
Achei dura prisão, pena segura:
Oh quem sempre estivera assim sonhando!

---

(17) *Adormeci ao som do meu tormento* — a *Fênix Renascida,* coletânea portuguesa da poesia barroca, atribui a autoria desse poema a Barbosa Bacelar (V. Aguiar e Silva, ob. cit., p. 106).

A UMA DAMA, SOBRE UM SONHO AMOROSO QUE O AUTOR TEVE COM ELA

SONETO

Ai, Custódia! sonhei, não sei se o diga:
Sonhei, que entre meus braços vos gozava.
Oh se verdade fosse o que sonhava!
Mas não permite Amor que eu tal consiga!

O que anda no cuidado, e dá fadiga,
Entre sonhos Amor representava
No teatro da noite, que apartava
A alma dos sentidos, doce liga.

Acordei eu, e feito sentinela
De toda a cama, pus-me uma peçonha,
Vendo-me só sem vós, e em tal mazela.

E disse, porque o caso me envergonha,
Trabalho tem, quem ama, e se desvela,
E muito mais quem dorme, e em falso sonha.

ROGA O POETA, À SUA ESPOSA, QUE SUSPENDA O REMÉDIO DAS SANGRIAS

SONETO

De uma dor de garganta adoecestes,
E foram, Tisbe, quando vos sangrastes,
Piques aquela dor, de que enfermastes,
Rosas aquele sangue, que vertestes.

Oh que discretamente discorrestes
No remédio que à dor logo aplicastes;
Pois por força nas rosas, que lançastes,
Haviam de ir os piques, que tivestes.

Mas ai! que por meu mal desejo agora
Um novo mal em vós, ó Tisbe minha!
E se o pode alcançar quem vos adora,

Peço que suspendais essa meizinha;
Que se ainda mais rosas lançais fora,
Receio, que fiqueis posta na espinha.

PONDERA QUE OS DESDÉNS SEGUEM SEMPRE COMO SOMBRAS O SOL DA FORMOSURA

SONETO

Cada dia vos cresce a formosura,
Babu, e tanto cresce, que me embaça:
Se cresce contra mim, alta desgraça,
Se cresce para mim, alta ventura:

Se cresce por chegar-me à mor loucura,
Para seres mais dura e mais escassa,
Tal rosto se não mude, antes se faça
Mais firme do que a minha desventura.

De que pode servir seres mais bela,
Ver-vos mais soberana e desdenhosa?
Dai ao demo a beleza que atropela.

Bendita seja a feia, e a ranhosa, ([18])
Que roga, que suspira, e se desvela
Por dar-se toda, a troco de uma prosa.

---

(18) *a ranhosa* — Afrânio Peixoto registra *carinhosa.*

AOS AMORES DO AUTOR COM D. BRITES (19)

SONETO

Ontem, a amar-vos me dispus; e logo
Senti dentro de mim tão grande chama,
Que vendo arder-me na amorosa flama,
Tocou Amor na vossa casa o fogo.

Dormindo vós com todo o desafogo,
Ao tom do repicar saltais da cama:
E vendo arder uma alma, que vos ama,
Movida da piedade, e não do rogo,

Fizestes aplicar ao fogo a neve
De uma mão branca; que livrar-se entende
Da chama, de quem foi desprezo breve.

Mas ai! que se na neve Amor se acende,
Como de si esquecida a mão se atreve
A apagar o que Amor na neve incende?

---

(19) *Aos amores do autor com Dona Brites* — James Amado apresenta uma outra variante deste soneto, tendo por título: "No dia em que o poeta empreendeu galantear uma freira do mesmo convento se lhe pegou o fogo na cama, e indo apagá-lo, queimou uma mão."

RESPONDE O POETA A UM MAL CONSIDERADO AMIGO, QUE O MATRAQUEAVA DE COVARDE NESTA MATÉRIA

SONETO

Deixei a Dama a outrem; mas que fiz?
Deixar o começado é ser loucaz?
Porém Amor por louco, e por rapaz,
Ao mesmo tempo afirma, e se desdiz.

Consenti de outro amante ações gentis:
Logrando o bem, fiquei dele incapaz.
Se eu não soube fazer o que outrem faz,
Que muito que outrem queira o que eu não quis?

O sítio, em que a vontade a mim me pôs,
Do qual fora a razão já me conduz,
Seja a outrem prisão, seja cadoz. ([20])

Seja ele o infeliz; que eu, ser propus
Alexandre, ([21]) que em laços cortou nós,
Teseu, ([22]) que em labirintos achou luz.

(20) *cadoz* — limbo, lugar onde se atiram coisas inúteis.

(21) *Alexandre* — Alexandre Magno, rei da Macedônia; em Górdio cortou com a espada o nó que, segundo o oráculo, conferia o império da Ásia a quem o desatasse.

(22) *Teseu* — herói lendário grego; para matar o Minotauro, achou um modo de entrar e sair do labirinto de Creta.

COMPARA SUAS PENAS COM AS ESTRELAS MUI SATISFEITO COM A NOBREZA DO SÍMILE. A PRIMEIRA QUADRA NÃO É SUA

SONETO

Una, dos, trez estrellas, veinte, ciento,
Un millon, mil millares de millares;
Valga-me Dios! que tengan mis pezares
Su retrato en el alto firmamento!

Que siendo las estrellas tan sin cuento,
Como son las arenas de los mares,
Las iguale en sus numeros sin pares
Mi pezar, mi desdicha, y mi tormento!

Mas yo de que me espanto, o que me abismo?
Tenga ese alivio enfin mi desconsuelo,
Que se va pareciendo al cielo mismo:

Pues podiendo mis males, por mas duelo,
Semejarse a las penas del abismo,
Tienen su semejança allá en el cielo.

A PEDITÓRIO DE UMA DAMA QUE SE VIU DESPREZADA DE SEU AMANTE

SONETO

Até aqui blasonou meu alvedrio,
Albano meu, de livre, e soberano,
Vingou-se, ai de mim, triste, Amor tirano,
De quem padeço o duro senhorio.

E não só se vingou cruel, e impio
Com sujeitar-me ao jugo desumano
De bem querer, mas de querer-te, Albano,
Onde é traição a fé, e amor desvio.

Se te perdi, não mais que por querer-te,
Paga tão justa, quanto merecida,
Pois com amar não soube merecer-te:

De que serve uma vida aborrecida?
Morra quem teve a culpa de perder-te,
Perca, quem te perdeu, também a vida.

RESPOSTA A UM AMIGO EM MATÉRIA AMOROSA

SONETO

Fábio, que pouco entendes de finezas!
Quem faz só o que pode, a pouco obriga:
Quem contra os impossíveis se afadiga,
A esse cede amor em mil ternezas.

Amor comete sempre altas empresas:
Pouco amor, muita sede não mitiga;
Quem impossíveis vence, este me instiga
Vencer por ele muitas estranhezas.

As durezas da cera o Sol abranda,
E da terra as branduras endurece,
Atrás do que resiste o raio se anda:

Quem vence a resistência se enobrece;
Quem pode, o que não pode, impera e manda,
Quem faz mais do que pode, esse merece.

TORNANDO O AUTOR A RENOVAR OS AMORES COM D. BRITES, DEPOIS DE ELA SE CASAR

SONETO

Não me culpes, Filena, não, de ingrato,
Se notado hás em mim tanta esquivança;
Por que a força do Fado em tal mudança,
Ou inclina o desdém, ou move o trato.

Mas que importa, se quando esquecer trato
Teus amores, por lei que não alcança
De Amor a atenciosíssima lembrança,
Vive n'alma estampado o teu retrato?

Os afetos combatem na vontade
Amoroso desdém, zelosa pena,
Produzindo tão grande variedade.

Teu amor, que me obriga, te condena:
Que como não tens livre a liberdade,
Não me podes prender o amor, Filena.

QUEIXA-SE UMA FREIRA DAQUELA MESMA CASA, DE QUE SENDO VISTA UMA VEZ DO POETA, SE DESCUIDAVA-SE DE A TORNAR A VER

SONETO

Quem a primeira vez chegou a ver-vos,
Nise, e logo se pôs a contemplar-vos,
Bem merece morrer por conversar-vos,
E não pode viver sem merecer-vos.

Não soube ver-vos bem, nem conhecer-vos
Aquele, que outra vez deseja olhar-vos,
Pois não caiu nos riscos de tratar-vos,
Quem quer, que lhe queirais por já querer-vos.

Essas luzes de amor ricas, e belas
Vê-las basta uma vez, para admirá-las,
Que vê-las outra vez, será ofendê-las.

E se por resumi-las, e contá-las,
Não se podem contar, Nise, as estrelas,
Nem menos à memória encomendá-las.

TERCEIRA IMPACIÊNCIA DOS DESFAVORES DE SUA SENHORA

SONETO

Dama cruel, quem quer que vós sejais,
Que não quero, nem posso descobrir-vos,
Dai-me agora licença de argüir-vos,
Pois para amar-vos tanto me negais.

Por que razão de ingrata vos prezais,
Não pagando-me o zelo de servir-vos?
Sem dúvida deveis de persuadir-vos
Que a ingratidão a formosenta mais.

Não há cousa mais feia na verdade;
Se a ingratidão aos nobres envilece,
Que beleza fará uma fealdade?

Depois que sois ingrata, me parece
Torpeza hoje, o que ontem foi beldade
E flor a ingratidão, que em flor fenece.

EM LOUVOR DA MESMA SENHORA FLORALVA

SONETO

Peregrina Florência Portuguesa:
Se em venda vos puser o Deus vendado,
Pouco estima o seu gosto, e o seu cuidado,
Quem, Florência, por vós não der Veneza.

Eu, entre a formosura, e a riqueza,
De um, e outro domínio dilatado,
Não desejara estado por estado,
Mas trocara beleza por beleza.

Só Florência, por vossa flor tão pura,
Um reino inteiro, não uma cidade
Deve dar, quem saber amar procura.

Em vós do mundo admiro a majestade,
Quanto é mais que a grandeza, a formosura,
Menos a monarquia, que a deidade.

CONTINUA O AUTOR NAS PRETENSÕES DE FLORALVA, MANDANDO-LHE PELOS MESMOS CONSOANTES OS TRÊS SONETOS SEGUINTES

SONETO

Já desprezei; sou hoje desprezado;
Despojo sou de quem triunfo hei sido;
E agora nos desdéns de aborrecido,
Desconto as ufanias de adorado.

O Amor me incita a um perpétuo agrado;
O decoro me obriga a um justo olvido:
E não sei, no que emprendo, e no que lido,
Se triunfo o respeito, se o cuidado.

Porém, vença o mais forte sentimento,
Perca o brio maior autoridade, ([23])
Que é menos o ludíbrio, que o tormento.

Quem quer, só do querer faça vaidade, ([24])
Que quem logra em amor entendimento,
Não tem outro capricho, que a vontade.

---

(23) *Perca o brio maior autoridade* — Afrânio Peixoto registra "Pereça o brio, mais a autoridade."

(24) *Quem quer, só do querer faça vaidade* — Afrânio Peixoto registra: "Pois quem quer, do querer só faz cuidado."

SEGUE-SE ESTE SEGUNDO

SONETO

Querido um tempo, agora desprezado,
Nada serei, por muito que haja sido:
Agora sinto o ver-me aborrecido,
Inda mais que estimei ver-me adorado.

Sem decoro não há manter agrado:
Se amo o desprezo, o pundonor olvido;
E nas grandes empresas sempre lido
Que seja o brio objeto do cuidado.

Então só será justo o sentimento,
Se da perda nascer a autoridade;
Que onde injúria não há, não há tormento.

Manter respeito é honra, e não vaidade;
E a honra tem lugar no entendimento,
Que é potência mais nobre, que a vontade.

SEGUE-SE ESTE TERCEIRO

SONETO

Ser decoroso amante, e desprezado,
Fácil empresa em mim de Amor há sido,
Pois não caminho, sendo aborrecido,
Atrás dos interesses de adorado.

Se não quer merecer o meu agrado;
Se a fé sustento, se o favor olvido,
O decoro mantenho, porque lido
Só pela propensão do meu cuidado.

Sendo tão fino enfim, meu sentimento,
Não perco em adorar a autoridade;
Pois não é por lograr o meu tormento;

Logo, pode o desprezo ser vaidade,
A quem, com parecer do entendimento,
Por prêmio não amar, mas por vontade.

RESPONDE FLORALVA AOS TRÊS SONETOS RETROS, DO AUTOR, COM OUTROS TRÊS TAMBÉM PELOS MESMOS CONSOANTES: ESTES SÃO OS TRÊS DELA

SONETO

Querida amei: prossigo desdenhada,
E de amor, e decoro combatida,
Me dá glória, e tormento uma ferida,
Sentindo o golpe, festejando a espada.

Mas se de Amor o empenho só me agrada,
Não olho ao que o respeito me convida;
Pois se em saber amar, esgoto a vida,
Em a honra perder, não perco nada.

Se o querer no desprezo é não ter brio,
Fôra o deixar de amar não ter vontade,
E nada é mais em nós que o alvedrio.

Cárcere é a honra; o gosto imensidade:
Logo fora em mim cego desvario,
Trocar pela prisão a liberdade.

SEGUNDA RESPOSTA DE FLORALVA. PELOS MESMOS CONSOANTES

SONETO

Amar não quero, quando desdenhada,
Da maior afeição sou combatida;
Que em mim podem fazer menos ferida
Do Amor as setas, que do brio a espada.

Com razão o respeito só me agrada;
E em vão o afeto a injúrias me convida:
Que se nos corações o amor é vida,
A vida nos desprezos não é nada.

Entre a isenção do gosto, e ser do brio,
Deve ter mais impulsos a vontade
A favor da razão, que do alvedrio.

Mais glória alcança, mais imensidade,
Em fazer do desprezo desvario,
Que em fazer da fineza liberdade.

TERCEIRA RESPOSTA DE FLORALVA. PELOS MESMOS CONSOANTES

SONETO

Que importa, se amo, que ame desdenhada,
Se não sou de interesse combatida,
Pois vivendo sem custas da ferida,
Mui debalde será querelar da espada?

Quando o servir sem prêmio só me agrada,
Que importa no rigor que me convida,
Que do próprio morrer sustente a vida,
Se do muito querer não quero nada.

Na independência se conserva o brio:
Obre Amor seus efeitos na vontade,
E ambos ficarão com alvedrio.

Em tal amor, em tal imensidade,
Não sirvo por lograr, que é desvario;
Mas amo por amar, que é liberdade.

A FLORALVA, DAMA QUE CONHECEU O POETA EM PERNAMBUCO

SONETO

Que me queres, porfiado pensamento,
Arquiteto da minha alta loucura?
Invencível martírio, que me apura!
Fatal presunção do sofrimento?

Que me queres, que dentro em um momento
Voas, corres, e tomas de andadura,
Até pôr-me na idéia a formosura,
Que é morte cor do meu contentamento?

Que queres a um ausente desterrado,
Que pois começa a morte na partida,
Por morto amor me julga e me condena?

Se lá para viver sobrou cuidado,
E cá para morrer me sobra a vida,
Fantasma sou, que por Floralva pena.

DE UMA FESTIVIDADE PÚBLICA ONDE A TODOS DAVA QUE SENTIR, SE AUSENTOU FLORALVA A DIVERTIR-SE NAS RIBEIRAS DO CAPIBARIBE, ONTE TINHA SEUS EMPREGOS

SONETO

Ausentou-se Floralva, e ocultou
A luz, com que nas festas assistiu:
Tudo em trevas na ausência confundiu
Porque consigo todo o sol levou.

Dizem, que Amor de medo a retirou;
Tão louco, que a si próprio se feriu;
Porque do ponto em que a Floralva viu,
Só pode persuadir-se que cegou.

Por livrá-la na Terra de olho mau,
Na região de Vênus (25) a escondeu,
Ou em um rio de que sabe o vau:

Oh quem fora, por roubo assim do Céu
Ou Jasão (26) embarcado numa Nau,
Ou atado a um penhasco Prometeu. (27)

---

(25) *Vênus* — mit., deusa do Amor.

(26) *Jasão* — mit., comandante da nau *Argo,* que o leva com seus companheiros (os *Argonautas*) na expedição em busca do velocino de ouro.

(27) *Prometeu* — personagem da mitologia grega; como castigo por roubar o fogo do Olimpo para os homens, foi amarrado, por ordem de Júpiter, em um penhasco, onde uma águia vinha bicar-lhe o fígado.

SAUDOSAMENTE SENTIDO NA AUSÊNCIA DA DAMA A QUEM O AUTOR MUITO AMAVA

SONETO

Entre (ó Floralva) assombros repetidos
É tal a pena, com que vivo ausente,
Que palavras a voz me não consente,
E só para sentir me dá sentidos.

Nos prantos, e nos ais enternecidos,
Dizer não pode o peito o mal que sente;
Pois vai confusa a queixa na corrente,
E mal articulada nos gemidos.

Se para o meu tormento conheceres
Não bastar o sutil discurso vosso,
A dor me não permite outros poderes.

Vede nos prantos, e ais o meu destroço;
E entendei vós o mal como quiserdes,
Que eu só sei explicá-lo como posso.

A MESMA DAMA AUSENTANDO-SE DO POETA DESDENHOSAMENTE

SONETO

Tão depressa vos dais por despedida,
Que vista a varonil conformidade,
Me está dizendo a vossa crueldade,
Que morríeis por ver-vos excluída.

Pois não seria ação mais comedida,
De mais cortês, e justa urbanidade,
Fingir, que por amor, ou por piedade,
Recusáveis a minha despedida?

O certo é, Floralva, que esse peito
Anda mui penetrado, e mui ferido
De outro amor, outra seta, outro sujeito.

E pois fiz tal serviço a tal Cupido,
Como não fazeis vós por tal respeito
Favores, de que nunca me despido?

A FLORENCIANA, MÃE DE FLORALVA DAMA PERNAMBUCANA

SONETO

Senhora Florenciana, isto me embaça,
Contares vós de mim tantos agrados,
E estar eu vendo que por meus pecados
Tenho para convosco pouca graça.

Em casa publicais, no lar, na praça,
Que sou homem capaz de altos cuidados,
E nunca me ajudais cos negregados
Que tenho com madama de Mombaça.

Eu não sei, como passo, ou como vivo
Na pouca confiança, que me destes,
Depois que fui de Amor aljava, ou crivo.

Porque, por mais mercês que me fizestes,
Jamais me recebestes por cativo,
Nem menos para genro me quisestes.

SEGUE NESTE SONETO A MÁXIMA DE BEM VIVER, QUE É ENVOLVER-SE NA CONFUSÃO DOS NÉSCIOS PARA PASSAR MELHOR A VIDA

SONETO

Carregado de mim ando no mundo,
E o grande peso embarga-me as passadas,
Que como ando por vias desusadas,
Faço o peso crescer, e vou-me ao fundo.

O remédio será seguir o imundo
Caminho, onde dos mais vejo as pisadas,
Que as bestas andam juntas mais ousadas, (28)
Do que anda só o engenho mais profundo.

Não é fácil viver entre os insanos,
Erra, quem presumir que sabe tudo,
Se o atalho não soube dos seus danos.

O prudente varão há de ser mudo,
Que é melhor neste mundo, mar de enganos,
Ser louco c'os demais, que só, sisudo.

(28) *ousadas* — James Amado registra *ornadas.*

A UM AMIGO RETIRANDO-SE DA CIDADE

SONETO

Ditoso Fábio, tu, que retirado
Te vejo ao desengano amanhecido,
Na certeza do pouco, que hás vivido,
Sem para ti viver no povoado.

Enquanto nos palácios enredado
Te enlaçavam cuidados, divertido,
De ti mesmo passavas esquecido,
De ti próprio vivias desprezado.

Mas agora, que nessa choça agreste,
Onde, quanto perdias, alcançaste,
Viver contigo, para ti, quiseste:

Feliz mil vezes tu, pois começaste
a morrer, Fábio, desde que nasceste,
Para ter vida agora, que expiraste.

TENTADO A VIVER NA SOLEDADE SE LHE REPRESENTAM AS GLÓRIAS DE QUEM NÃO VIU, NEM TRATOU A CORTE

SONETO

Ditoso tu, que na palhoça agreste
Viveste moço, e velho respiraste:
Berço foi, em que moço te criaste,
Essa ([29]) será, que para morto ergueste.

Aí do que ignoravas, aprendeste,
Aí do que aprendeste, me ensinaste,
Que os desprezos do mundo, que alcançaste,
Armas são com que a vida defendeste.

Ditoso tu, que longe dos enganos
A que a Corte tributa rendimentos,
Tua vida dilatas, e deleitas.

Nos palácios reais se encurtam anos,
Porém tu, sincopando os aposentos
Mais te dilatas quanto mais te estreitas.

---

(29) *Essa* — túmulo vazio erigido em memória de um defunto cujo cadáver não está presente.

CONTINUA O POETA EM LOUVAR A SOLEDADE VITUPERANDO A CORTE

SONETO

Ditoso aquele, e bem-aventurado,
Que longe, e apartado das demandas,
Não vê nos tribunais as apelandas
Que à vida dão fastio, e dão enfado.

Ditoso, quem povoa o despovoado,
E dormindo o seu sono entre as holandas ([30])
Acorda ao doce som, e às vozes brandas
Do tenro passarinho enamorado.

Se estando eu lá na Corte tão seguro
Do néscio impertinente, que porfia,
A deixei por um mal, que era futuro;

Como estaria vendo na Bahia,
Que das Cortes do mundo é vil monturo,
O roubo, a injustiça, a tirania?

---

(30) *holandas* — tecido de linho fino, fabricado inicialmente na Holanda.

A UMAS SAUDADES

MOTE

Parti, coração, parti,
navegai sem vos deter,
ide-vos, minhas saudades,
a meu amor socorrer.

GLOSA

Em o mar do meu tormento
em que padecer me vejo,
já que amante me desejo
navegue o meu pensamento:
meus suspiros, formai vento,
com que façais ir ter
onde me apeteço ver;
e diga minha alma assi:
"Parti, coração, parti;
navegai sem vos deter.

Ide donde meu amor,
apesar desta distância,
não há perdido constância,
nem demitido o rigor:
antes é tão superior
que a si se quer exceder,
e se não desfalecer
em tantas adversidades,
Ide-vos minhas saudades
a meu amor socorrer."

POESIA AMOROSA

II

Erótico-Irônica

A UMA FREIRA, QUE SATIRIZANDO A DELGADA FISIONOMIA DO POETA LHE CHAMOU "PICA-FLOR"

DÉCIMA

Se Pica-flor me chamais,
Pica-flor aceito ser,
mas resta agora saber,
se no nome, que me dais,
meteis a flor, que guardais
no passarinho melhor!
Se me dais este favor,
sendo só de mim o Pica,
e o mais vosso, claro fica,
que fico então Pica-flor.

ÀS RELIGIOSAS QUE EM UMA FESTIVIDADE, QUE CELEBRARAM, LANÇARAM A VOAR VÁRIOS PASSARINHOS

DÉCIMA

Meninas, pois é verdade,
não falando por brinquinhos,
que hoje aos vossos passarinhos
se concede liberdade:
fazei-me nisto a vontade
de um passarinho me dar,
e não devendo-o negar,
espero m'o concedais, ([31])
pois é dia em que deitais
passarinhos a voar.

---

(31) *espero m'o concedais* — James Amado registra *e não o deveis, / que espero não concedais.*

A FLORALVA, UMA DAMA EM PERNAMBUCO

DÉCIMAS

1

Bela Floralva, se Amor
me fizesse abelha um dia,
em todo o tempo estaria
picando na vossa flor:
e quando o vosso rigor
quisesse dar-me de mão
por guardar a flor, então,
tão abelhudo eu andara,
que em vós logo me vingara
com vos meter o ferrão.

2

Se eu fora ao vosso vergel
e na vossa flor picara,
um favo de mel formara
mais doce que o mesmo mel:
mas vós como sois cruel,
e de natural castiço,
deixais entrar no caniço
um zangano comedor,
que vos rouba o mel e a flor,
e a mim o vosso cortiço.

TERCEIRO PIQUE À MESMA DAMA

DÉCIMAS

1

Não me farto de falar,
Floralva, em vossa flor bela,
e tanto hei de falar nela,
té que a hei de desfolhar:
que a fim de a despinicar,
como fazem as mulheres
nos dourados malmequeres,
em roda a hei de despir,
até que venha a cair
a sorte no bem-me-queres.

2

Que coisas chega a dizer
em dois versos um Poeta,
e vós sendo tão discreta
não me acabais de entender:
Mas eu o torno a dizer,
Pois tanto por vós me abraso
é pois, minha Flor, o caso
que torno a pedir aqui,
não a flor, que já pedi,
senão a flor com seu vaso.

3

Forrai-me os largos espaços,
que dais ao vosso Matias,
pois sabeis, que há tantos dias
morro por vossos pedaços:
os desejos já relassos (32)
nos prova da vossa olha
se querem ver na bambolha; (33)
e se achais, que a flor em preço
é coisa que não mereço,
dai-me ao menos uma folha.

4

Dai-me já o que quiseres,
dai-me o cheiro dessa flor,
que é o mais leve favor,
que costumam dar mulheres:
e se me não concederes,
que possa essa flor cheirar
a fim só de me matar,
façamos este partido:
pois me tirais um sentido,
dai-me outro, e seja apalpar

---

(32) *relassos* — relaxos, relaxados.

(33) *bambolha* — por bambolina (?): parte de cima do cenário que une em folhagem os bastidores e o teto.

A UMA FREIRA QUE LHE MANDOU UM MIMO DE DOCES

SONETO

Senhora minha: se de tais clausuras
Tantos doces mandais a uma formiga,
Que esperais vós agora que vos diga,
Se não forem muchíssimas [34] doçuras?

Eu esperei de amor outras venturas:
Mas ei-lo vai, tudo o que é dar obriga,
Ou já seja favor, ou uma figa,
Da vossa mão são tudo ambrósias puras.

O vosso doce a todos diz: "Comei-me",
De cheiroso, perfeito e asseado,
E eu, por gosto lhe dar, comi e fartei-me.

Em este se acabando irá recado,
E se vos parecer glutão, sofrei-me [35]
Enquanto vos não peço outro bocado.

---

(34) *muchíssimas* — esp. "muitíssimas", muitas.
(35) *sofrei-me* — no texto, com o sentido de conter-se, reprimir-se.

AO MESMO ASSUNTO E PELO MESMO MOTIVO

SONETO

Senhora Beatriz: foi o demônio
Este amor, esta raiva, esta porfia,
Pois não canso de noite nem de dia
Em cuidar nesse negro matrimônio.

Oh se quisesse o padre Santo Antônio,
Que é santo, que aos perdidos alumia,
Revelar-lhe a borrada serventia
Desse noivo, essa purga, esse antimônio!

Parece-lhe que fico muito honrado
Em negar-me por velho essa clausura?
Menos mal me estaria o ser capado.

Não sofro esses reveses da ventura,
Mas antes prosseguindo o começado
A chave lhe hei de pôr na fechadura.

À MULATA VICÊNCIA, AMANDO AO MESMO TEMPO TRÊS SUJEITOS

SONETO

Com vossos três amantes me confundo,
Mas vendo-vos com todos cuidadosa,
Entendo que de amante e amorosa
Podeis vender amor a todo o mundo.

Se de amor vosso peito é tão fecundo,
E tendes essa entranha tão piedosa,
Vendei-me de afeição uma ventosa,
Que é pouco mais que um selamim sem fundo.

Se tal compro, e nas cartas há verdade,
Eu terei, quando menos, trinta damas,
Que infunde vosso amor pluralidade.

E dirá, quem me vir com tantas chamas,
Que Vicência me fez a caridade,
Porque o leite mamei das suas mamas.

FINGE QUE VISITA DUAS MULATAS, MÃE E FILHA, PRESAS POR UM DOMINGOS CARDOSO, DE ALCUNHA O "MANGARÁ", QUE TRATAVA COM UMA DELAS, PELO FURTO DE UM PAPAGAIO. FALA COM A MÃE

SONETO

Perg. Dona *secula in seculis* ranhosa,
Por que estais aqui presa, Dona Paio?
Resp. Dizem que por furtar um Papagaio,
Porém mente a querela maliciosa.

Perg. Estais logo por ladra, e por gulosa:
Não vos lembra o jantar de frei Pelaio?
Resp. Então traguei de carne um bom balaio,
e de vinho uma selha portentosa.

Perg. Para tanto pecado é curta a sala,
Ide para a moxinga florescente,
Onde tanta vidrada flor exala.

Resp. Irei, que todo o preso é paciente,
Porém se hoje furtei cousa que fala,
Amanhã furtarei secretamente.

FALA AGORA COM A FILHA DA SOBREDITA, CHAMADA BARTOLA

SONETO

Perg. Bartolinha gentil, pulcra e bizarra,
Também vos trouxe aqui o papagaio?
Resp. Não, Senhor, que ele fala como um raio,
E diz que minha mãe lhe pôs a garra.

Perg. Isso está vossa mãe pondo à guitarra,
E diz que há de pagá-lo para maio.
Resp. Ela é muito animosa, e eu desmaio,
se cuido no alcaide, que me agarra.

Perg. Temo que haveis de ser disciplinante
Por todas estas ruas da Bahia,
E que vos há de ir ver o vosso amante.

Resp. Quer me veja, quer não, estimaria,
Que os açoites se dêem ao meu galante,
Porque eu também sei ver, e vê-lo-ia.

A UMA DAMA COM DOR DE DENTES

DÉCIMAS

1

Ai, Nise, quanto me pesa,
que da dor que padeceis,
a ter não vos ensineis
mais piedade, que dureza.
Se deste achaque a braveza
entre ambos reparte amor,
tenho por grande favor,
que nesta amante convença
eu sinta a dor da doença,
vós a doença da dor.

2

Por razões mais que aparentes
devo eu um mal estimar,
que sei que me há de livrar
de trazerdes-me entre dentes;
mas por causas mais urgentes
quero que o remedieis,
e se quando o mal venceis,
a morder-me vos provoca,
perdôo o morder de boca
à boca, com que mordeis.

TENDO BRITES DADO ALGUMAS ESPERANÇAS AO POETA SE LHE OPÔS UM SUJEITO DE POUCOS ANOS, PRETENDENDO-A POR ESPOSA, RAZÃO POR ONDE VEIO ELA A DESVIAR-SE, DESCULPANDO-SE POR SER JÁ VELHO

DÉCIMAS

1

P. Ao velho, que está na roça,
que fuja às moças dizei.
R. A bofé (36) não fugirei,
enquanto Brites for moça.
P. Se lhe não fazeis já mesa,
por que não heis de fugir?
R. Por que? Porque hei de cumprir
co'a obrigação de cascar, (37)
dando-lhe sete ao entrar,
e quatorze ao despedir.

2

E já que em vosso sujeito
há fidalguia estirada
honrai-me, que a que é honrada
não perde a um velho o respeito.
P. Tendes comigo mau pleito
pelas cãs, que penteais.
R. Nisso mais vos enganais,
que eu penteio desenganos,
não pelo peso dos anos,
pelo pesar, que me dais.

---

(36) *a bofé* — à boa fé, com franqueza, na verdade.
(37) *cascar* — tem duplo sentido: sustentar alguém; dar pancadas.

NECESSIDADES FORÇOSAS DA NATUREZA HUMANA

SONETO

Descarto-me da tronga, que me chupa,
Corro por um conchego todo o mapa,
O ar da feia me arrebata a capa,
O gadanho da limpa até a garupa.

Busco uma freira, que me desentupa
A via, que o desuso às vezes tapa,
Topo-a, topando-a todo o bolo rapa,
Que as cartas lhe dão sempre com chalupa.

Que hei de fazer, se sou de boa cepa,
E na hora de ver repleta a tripa,
Darei por quem mo vase toda Europa?

Amigo, quem se alimpa da carepa,
Ou sofre uma muchacha, que o dissipa,
Ou faz da sua mão sua cachopa.

DESAIRES DA FORMOSURA COM AS PENSÕES DA NATUREZA PONDERADAS NA MESMA DAMA

SONETO

Rubi, concha de perlas peregrina,
Animado cristal, viva escarlata,
Duas safiras sobre lisa prata,
Ouro encrespado sobre prata fina.

Este o rostinho é de Caterina;
E porque docemente obriga, e mata,
Não livra o ser divina em ser ingrata,
E raio a raio os corações fulmina.

Viu Fábio uma tarde transportado
Bebendo admirações, e galhardias,
A quem já tanto amor levantou aras:

Disse igualmente amante, e magoado:
Ah muchacha gentil, que tal serias,
Se sendo tão formosa não cagaras!

AO MESMO CAPITÃO SENDO ACHADO COM UMA GROSSÍSSIMA NEGRA

DÉCIMAS

1

Ontem, senhor Capitão,
vos vimos deitar a prancha,
embarcar-vos numa lancha
de gentil navegação:
a lancha era um galeão
que joga trinta por banda,
grande proa, alta varanda,
tão grande popa, que dar
podia o cu a beijar
à maior urca de Holanda.

2

Era tão azevichada,
tão luzente e tão flamante,
que eu cri que naquele instante,
saiu do porto breada:
estava tão estancada
que se escusava outra frágua
e assim teve grande mágoa
da lancha por ver que quando
a estáveis calafetando
então fazia mais água.

3

Vós logo destes à bomba
com tal pressa, e tal afinco,
que a pusestes como um brin
mais lisa, que uma pitomba:
como a lancha era mazomba,
jogava tanto de quilha,
que tive por maravilha
não comê-la o mar salgado,
mas vós tínheis o cuidado
de lhe ir metendo a cavilha. ([38])

4

Desde então toda esta terra
vos fez por aclamação
capitão de guarnição
não só, mas de mar e guerra:
eu sei, que o povo não erra,
nem nisso vos faz mercê,
porque sois soldado que
podeis capitanear
as charruas d'além-mar,
se são urcas ([39]) de Guiné.

---

(38) *metendo a cavilha* — bater a cavilha: cerimônia de pregar a primeira cavilha na caverna mestra de uma quilha que está no estaleiro.

(39) *urcas* — embarcação do século XVII, de grande calado, cujas características são pouco conhecidas; pop., mulher grandalhona, feia.

A UMAS FREIRAS QUE MANDARAM PERGUNTAR POR OCIOSIDADE AO POETA A DEFINIÇÃO DO PRIAPO (40) E ELE LHES MANDOU DEFINIDO, E EXPLICADO NESTAS

DÉCIMAS

1

Ei-lo vai desenfreado,
que quebrou na briga o freio,
todo vai de sangue cheio,
todo vai ensangüentado:
meteu-se na briga armado,
como quem nada receia,
foi dar um golpe na veia,
deu outro também em si,
bem merece estar assi,
quem se mete em casa alheia.

2

Inda que pareça nova,
Senhora, a comparação,
É semelhante ao furão,
que entra sem temer a cova,
quer faça calma, quer chova,
nunca receia as estradas,
mas antes se estão tapadas,
para as poder penetrar,
começa de pelejar
como porco às focinhadas.

(40) *Priapo* — o mesmo que "falo", deus da luxúria.

3

Este lampreão ([41]) com talo,
que tudo come sem nojo,
tem pesos como relojo,
também serve de badalo:
tem freio como cavalo,
e como frade capelo,
é coisa engraçada vê-lo
ora curto, ora comprido,
anda de peles vestido,
curtidas já sem cabelo.

4

Quem seu preço não entende
não dará por ele nada,
é como cobra enroscada
que em aquecendo se estende:
é círio, quando se acende,
é relógio, que não mente,
é pepino de semente,
tem cano como funil,
é pau para tamboril,
bate os couros lindamente.

5

É grande mergulhador,
e jamais perdeu o nado,
antes quando mergulhado
sente então gosto maior:
traz cascavéis como Assor, ([42])
e como tal se mantém
de carne crua também,
estando sempre a comer,
ninguém lhe ouvirá dizer,
esta carne falta tem.

---

(41) *lampreão* — pênis em ereção.

(42) *Assor* — estará por Asar (?), divindade que na mitologia babilônica vigiava a Grande Serpente.

6

Se se agasta, quebra as trelas
como leão assanhado,
tendo um só olho, e vazado,
tudo acerta às palpadelas:
amassa tendo gamelas
doze vezes sem cansar,
e traz já para amassar
as costas tão bem dispostas,
que traz envolto nas costas
fermento de levedar.

7

Tanto tem de mais valia
quanto tem de teso, e relho,
é semelhante ao coelho,
que somente em cova cria:
quer de noite, quer de dia,
se tem pasto, sempre come,
o comer lhe acende a fome,
mas às vezes de cansado,
de prazer inteiriçado,
dentro em si se esconde, e some.

8

Está sempre soluçando
como triste solitário,
mas se avista seu contrário,
fica como o barco arfando:
quer fique duro, quer brando,
tem tal natureza, e casta,
que no instante em que se agasta,
(qual galgo, que a lebre vê)
dá com tanta força, que,
os que tem presos, arrasta.

9

Tem uma contínua fome,
e sempre para comer
está pronto, e é de crer
que em qualquer das horas come:
traz por geração seu nome,
que por fim hei de explicar,
e também posso afirmar
que, sendo tão esfaimado,
dá leite como um danado,
a quem o quer ordenhar.

10

É da condição de ouriço,
que quando lhe tocam, se arma,
ergue-se em tocando alarma,
como cavalo castiço:
é mais longo, que roliço,
de condição mui travessa,
direi, porque não me esqueça,
que é criado nas cavernas,
e que somente entre as pernas
gosta de ter a cabeça.

11

É bem feito pelas costas,
que parece uma banana,
com que as mulheres engana
trazendo-as bem descompostas:
nem boas, nem más respostas,
lhe ouviram dizer jamais,
porém causa efeitos tais,
que quem experimenta, os sabe,
quando na língua não cabe
a conta dos seus sinais.

12

É pincel, que cem mil vezes
mais que os outros pincéis val, (42a)
porque dura sempre a cal
com que caia, nove meses
este faz haver Meneses,
Almadas, e Vasconcelos,
Rochas, Farias, e Teles,
Coelhos, Britos, Pereiras,
Sousas, e Castros, e Meiras,
Lancastros, Coutinhos, Melos.

13

Este, Senhora, a quem sigo,
de tão raras condições,
é caralho de culhões,
das mulheres muito amigo:
se o tomais na mão, vos digo
que haveis de achá-lo sisudo;
mas sorumbático, e mudo,
sem que vos diga o que quer,
vos haveis de oferecer
o seu serviço, contudo.

(42a) *val* — vale.

MOTE

O cono é fortaleza,
o caralho é capitão,
os culhões são bombardeiros,
o pentelho é o murão.

GLOSA

1

O homem mais a mulher
guerra entre si publicaram,
porque depois que pecaram,
um a outro se malquer:
e como é de fraco ser
a mulher por natureza,
por sair bem desta empresa,
disse que donde em rigor
o caralho é batedor,
o cono é fortaleza.

2

Neste forte recolhidos
há mil soldados armados
à custa de amor soldados,
e à força de amor rendidos:
soldados tão escolhidos,
que o general disse então,
de membros de opinião,
que assistem com tanto abono
na fortaleza do cono,
o caralho é capitão.

3

Aquartelaram-se então
com seu capitão caralho
todos no quartel co alho,
guarita do cricalhão:
e porque na ocasião
haviam de ir por primeiros,
além dos arcabuzeiros
os bombardeiros, se disse:
de que serve esta parvoíce?
Os culhões são bombardeiros.

4

Marchando por um atalho
este exército das picas,
toda a campanha das cricas
se descobriu de um carvalho:
quando o capitão caralho
mandou disparar então
ao bombardeiro culhão,
que se achou sem bota-fogo,
porém gritou-se-lhe logo,
o pentelho é o murão.

VENDO-SE FINALMENTE EM UMA OCASIÃO TÃO PERSEGUIDA ESTA DAMA DO POETA, ASSENTIU NO PRÊMIO DE SUAS FINEZAS; COM CONDIÇÃO PORÉM, QUE SE QUERIA PRIMEIRO LAVAR; AO QUE ELE RESPONDEU COM A SUA COSTUMADA JOCOSERIA

DÉCIMAS

O lavar depois importa,
porque antes em água fria
estarei eu noite e dia
batendo-vos sempre à porta:
depois que um homem aporta,
faz bem força por entrar,
e se hei de o postigo achar
fechado com frialdade,
antes quero a sujidade,
porque enfim me hei de atochar.

Não serve o falar de fora,
Babu, vós bem o sabeis,
dai-me em modo, que atocheis,
e esteja ele sujo embora:
e se achais, minha Senhora,
que estes são os meus senãos,
não fiquem meus gostos vãos,
nem vós por isso amuada,
que ou lavada ou não lavada
cousa é, de que levo as mãos.

Lavai-vos, minha Babu,
cada vez que vós quiseres,
já que aqui são as mulheres
lavandeiras do seu cu:
juro-vos por Berzabu,
que me dava algum pesar
vosso contínuo lavar,
e agora estou nisso lhano,
pois nunca se lava o pano,
senão para se esfregar.

A que se esfrega amiúdo
se há de amiúdo lavar,
porque lavar e esfregar
quase a um tempo se faz tudo:
se vós por modo sisudo
o quereis sempre lavado,
passe: e se tendes cuidado
de lavar o vosso cujo
por meu esfregão ser sujo,
já me dou por agravado.

Lavar a carne é desgraça
em toda a parte do Norte,
porque diz que dessa sorte
perde a carne o sal, e graça:
e se vós por esta traça ([43])
lhe tirais ao passarete
o sal, a graça, e o cheirete,
em pouco a dúvida topa,
se me quereis dar a sopa,
dai-ma com todo o sainete.

Se reparais na limpeza
ides enganada em suma,
porque em tirando-se a escuma
fica a carne uma pureza:
fiai da minha destreza
que nesse apertado caso
vos hei de escumar o vaso
com tal acerto, e escolha,
que há de recender a olha
desde o nascente ao ocaso.

---

(43) *traça* — ardil, artifício.

As damas que mais lavadas
costumam trazer as peças,
e disso se prezam, essas
são damas mais deslavadas:
porque vivendo aplicadas
a lavar-se e mais lavar-se,
deviam desenganar-se
de que se não lavam bem,
porque mal se lava, quem
se lava para sujar-se.

Lavar para me sujar
isso é sujar-me em verdade,
lavar para a sujidade
fôra melhor não lavar:
de que serve pois andar
lavando antes que mo deis?
Lavai-vos, quando o sujeis,
e porque vos fique o ensaio,
depois de foder lavai-o,
mas antes não o laveis.

DEFINIÇÃO DO AMOR

ROMANCE

Mandai-me, Senhores, hoje,
que em breves rasgos descreva
do Amor a ilustre prosápia,
e de Cupido ([44]) as proezas.

Dizem que da clara escuma,
dizem que do mar nascera,
que pegam debaixo d'água
as armas, que Amor carrega.

Outros, que fora ferreiro
seu pai, onde Vênus ([45]) bela
serviu de bigorna, em que
malhava com grã destreza.

Que a dois assopros lhe fez
o fole inchar de maneira,
que nele o fogo acendia,
nela aguava a ferramenta.

Nada disto é, nem se ignora,
que o Amor é fogo, e bem era
tivesse por berço as chamas
se é raio nas aparências.

Este se chama Monarca,
ou Semideus se nomeia,
cujo céu são esperanças,
cujo inferno são ausências.

---

(44) *Cupido* — mit., correspondente latino de *Eros,* deus grego do amor.

(45) *Vênus* — mit., deusa do amor, casada com Vulcano, o deus-ferreiro a que se refere o poema de Gregório. A tradição registra, no entanto, que Cupido seria filho dos amores adulterinos de Vênus.

Um Rei, que mares domina,
Um Rei, o mundo sopeia,
sem mais tesouro que um arco,
sem mais arma que uma seta.

O arco talvez de pipa,
a seta talvez de esteira,
despido como um maroto,
cego como uma toupeira.

Um maltrapilho, um ninguém,
que anda hoje nestas eras
com o cu à mostra, jogando
com todos a cabra-cega.

Tapando os olhos da cara,
por deixar o outro alerta,
por detrás à italiana,
por diante à portuguesa.

Diz que é cego, porque canta,
ou porque vende gazetas
das vitórias, que alcançou
na conquista das finezas.

Que vende também folhinhas
cremos por coisa mui certa,
pois nos dá os dias santos,
sem dar ao cuidado tréguas;

E porque despido o pintam
é tudo mentira certa,
mas eu tomara ter junto
o que Amor a mim me leva.

Que tem asas com que voa
e num pensamento chega
assistir hoje em Cascais
logo em Coina, e Salvaterra.

Isto faz um arrieiro
com duas porradas tesas:
e é bem, que no Amor se gabe,
o que o vinho só fizera!

E isto é Amor? é um corno.
Isto é Cupido? má peça.
Aconselho que o não comprem
ainda que lhe achem venda.

Isto, que o Amor se chama,
este, que vidas enterra,
este, que alvedrios prostra,
este, que em palácios entra:

Este, que o juízo tira,
este, que roubou a Helena,
este, que queimou a Tróia, (46)
e a Grã-Bretanha perdera:

Este, que a Sansão (47) fez fraco,
este, que o ouro despreza,
faz liberal o avarento,
é assunto dos poetas:

Faz o sisudo andar louco,
faz pazes, ateia a guerra,
o frade andar desterrado,
endoidece a triste freira.

---

(46) *Tróia* — referência à guerra de Tróia, desencadeada pelo rapto amoroso de Helena, esposa de Menelau, rei de Tróia, por Páris; a guerra é narrada na Ilíada, de Homero.

(47) *Sansão* — bibl., um dos últimos juízes de Israel, célebre por sua força física; vítima de um ardil de seus inimigos filisteus, que encarregaram uma cortesã, Dalila, de descobrir a fonte da sua força (os cabelos) e extingui-la.

Largar a almofada a moça,
ir mil vezes à janela,
abrir portas de cem chaves,
e mais que gata janeira.

Subir muros e telhados,
trepar cheminés e gretas,
chorar lágrimas de punhos,
gastar em escritos resmas.

Gastar cordas em descantes,
perder a vida em pendências,
este, que não faz parar
oficial algum na tenda.

O moço com sua moça,
o negro com sua negra,
este, de quem finalmente
dizem que é glória, e que é pena.

É glória, que martiriza,
uma pena, que receia,
é um fel com mil doçuras,
favo com mil asperezas.

Um antídoto, que mata,
doce veneno, que enleia,
uma discrição sem siso,
uma loucura discreta.

Uma prisão toda livre,
uma liberdade presa,
desvelo com mil descansos,
descanso com mil desvelos.

Uma esperança, sem posse,
uma posse, que não chega,
desejo, que não se acaba,
ânsia, que sempre começa.

Uma hidropisia d'alma,
da razão uma cegueira,
uma febre da vontade,
uma gostosa doença.

Uma ferida sem cura,
uma chaga, que deleita,
um frenesi dos sentidos,
desacordo das potências.

Um fogo incendido em mina,
faísca emboscada em pedra,
um mal, que não tem remédio,
um bem, que se não enxerga.

Um gosto, que se não conta,
um perigo, que não deixa,
um estrago, que se busca,
ruína, que lisonjeia.

Uma dor, que se não cala,
pena, que sempre atormenta,
manjar, que não enfastia,
um brinco, que sempre enleva.

Um arrojo, que enfeitiça,
um engano, que contenta,
um raio, que rompe a nuvem,
que reconcentra a esfera.

Víbora, que a vida tira
àquelas entranhas mesmas,
que segurou o veneno,
e que o mesmo ser lhe dera.

Um áspide entre boninas,
entre bosques uma fera,
entre chamas salamandra,
pois das chamas se alimenta.

Um basalisco, que mata,
lince, que tudo penetra,
feiticeiro, que adivinha,
marau, que tudo suspeita.

Enfim o Amor é um momo,
uma invenção, uma teima,
um melindre, uma carranca,
uma raiva, uma fineza.

Uma meiguice, um afago,
um arrufo, e uma guerra,
hoje volta, amanhã torna,
hoje solda, amanhã quebra.

Uma vara de esquivanças,
de ciúmes vara e meia,
um sim, que quer dizer não,
não, que por sim se interpreta.

Um queixar de mentirinha,
um folgar muito deveras,
um embasbacar na vista,
um ai, quando a mão se aperta.

Um falar por entre dentes,
dormir a olhos alerta,
que estes dizem mais dormindo,
do que a língua diz discreta.

Uns temores de mal pago,
uns receios de uma ofensa,
um dizer choro contigo,
choramingar nas ausências.

Mandar brinco de sangrias,
passar cabelos por prenda,
dar palmitos pelos Ramos,
e dar folar (48) pela festa.

Anal pelo São João,
alcachofras na fogueira,
ele pedir-lhe ciúmes,
ela sapatos e meias.

Leques, fitas e manguitos,
rendas da moda francesa,
sapatos de marroquim,
guarda-pé de primavera.

Livre Deus, a quem encontra,
ou lhe suceder ter freira;
pede-vos por um recado
sermão, cera e caramelas.

Arre lá com tal amor!
isto é amor? é quimera,
que faz de um homem prudente
converter-se logo em besta.

---

(48) *folar* — bolo, presente de Páscoa.

Uma bofia, uma mentira
chamar-lhe-ei, mais depressa,
fogo selvagem nas bolsas,
e uma sarna das mœdas.

Uma traça do descanso,
do coração bertœja,
sarampo da liberdade,
carruncho, rabuge e lepra.

É este, o que chupa, e tira
vida, saúde e fazenda,
e se hemos falar verdade
é hoje o Amor desta era

Tudo uma bebedice,
ou tudo uma borracheira,
que se acaba co'o dormir,
e co'o dormir se começa.

O Amor é finalmente
um embaraço de pernas,
uma união de barrigas,
um breve tremor de artérias.

Uma confusão de bocas,
uma batalha de veias,
um reboliço de ancas,
quem diz outra coisa, é besta.

POESIA RELIGIOSA

A JESUS CRISTO NOSSO SENHOR

SONETO

Pequei, Senhor; mas não porque hei pecado,
Da vossa alta clemência me despido; (1)
Porque, quanto mais tenho delinqüido,
Vos tenho a perdoar mais empenhado.

Se basta a vos irar tanto pecado,
A abrandar-vos sobeja um só gemido:
Que a mesma culpa, que vos há ofendido,
Vos tem para o perdão lisonjeado.

Se uma ovelha perdida e já cobrada (2)
Glória tal e prazer tão repentino
Vos deu, como afirmais na sacra história,

Eu sou, Senhor, a ovelha desgarrada,
Cobrai-a; e não queirais, pastor divino,
Perder na vossa ovelha a vossa glória.

(1) *despido* — despeço.
(2) *cobrada* — recuperada.

A CRISTO S. N. CRUCIFICADO ESTANDO O POETA NA ÚLTIMA HORA DE SUA VIDA

SONETO

Meu Deus, que estais pendente de um madeiro,
Em cuja lei protesto ([3]) de viver,
Em cuja santa lei hei de morrer
Animoso, constante, firme e inteiro:

Neste lance, por ser o derradeiro,
Pois vejo a minha vida anoitecer,
É, meu Jesus, a hora de se ver
A brandura de um Pai, manso Cordeiro.

Mui grande é vosso amor e o meu delito;
Porém pode ter fim todo o pecar,
E não o vosso amor, que é infinito.

Esta razão me obriga a confiar,
Que, por mais que pequei, neste conflito
Espero em vosso amor de me salvar.

---

(3) *protesto* — prometo.

A N. SENHOR JESUS CRISTO COM ATOS DE ARREPENDIDO E SUSPIROS DE AMOR

SONETO

Ofendi-vos, meu Deus, é bem verdade,
É verdade, Senhor, que hei delinqüido,
Delinqüido vos tenho, e ofendido,
Ofendido vos tem minha maldade.

Maldade, que encaminha a vaidade,
Vaidade, que todo me há vencido,
Vencido quero ver-me e arrependido,
Arrependido a tanta enormidade.

Arrependido estou de coração,
De coração vos busco, dai-me os braços,
Abraços, que me rendem vossa luz.

Luz, que claro me mostra a salvação,
A salvação pretendo em tais abraços,
Misericórdia, amor, Jesus, Jesus!

A vós correndo vou, braços sagrados,
Nessa cruz sacrossanta descobertos,
Que, para receber-me, estais abertos,
E, por não castigar-me, estais cravados.

A vós, divinos olhos, eclipsados
De tanto sangue e lágrimas abertos, (4)
Pois, para perdoar-me, estais despertos,
E, por não condenar-me, estais fechados.

A vós, pregados pés, por não deixar-me,
A vós, sangue vertido, para ungir-me,
A vós, cabeça baixa, p'ra chamar-me.

A vós, lado patente, quero unir-me,
A vós, cravos preciosos, quero atar-me,
Para ficar unido, atado e firme.

(4) *abertos* — cobertos, na edição de Sérgio Buarque de Holanda.

ATO DE CONTRIÇÃO, DEPOIS DE SE CONFESSAR

DÉCIMAS

1

Meu amado Redentor,
Jesu Cristo soberano,
Divino homem, Deus humano,
da terra e céus criador:
por serdes quem sois, Senhor,
e porque muito vos quero,
me pesa com rigor fero
de vos haver ofendido,
de que agora, arrependido,
meu Deus, o perdão espero.

2

Bem sei, meu Pai soberano,
que na obstinação sobejo
corri, sem temor nem pejo,
pelos caminhos do engano:
bem sei também que o meu dano
muito vos tem agravado,
porém venho confiado
em vossa graça e amor,
que também sei, é maior,
Senhor, do que meu pecado.

3

Bem não vos amo, confesso,
várias juras cometi,
missa inteira nunca ouvi,
a meus pais não obedeço,
matar alguns apeteço,
luxurioso pequei,
bens do próximo furtei,
falsos levantei às claras,
desejei mulheres raras,
coisas de outrem cobicei.

4

Para lavar culpas tantas
e ofensas, Senhor, tão feias
são fontes de graça cheias
essas chagas sacrossantas;
sobre mim venham as santas
correntes do vosso lado;
para que fique lavado
e limpo nessas correntes,
comunicai-me as enchentes
da graça, meu Deus amado.

5

Assim, meu Pai, há de ser,
e proponho, meu Senhor,
com vossa graça e amor,
nunca mais vos ofender.
Prometo permanecer
em vosso amor firmemente,
para que mais nunca intente
ofensas contra meu Deus,
a quem os sentidos meus
ofereço humildemente.

6

Humilhado desta sorte,
meu Deus do meu coração,
vos peço ansioso o perdão
por vossa paixão e morte:
à minha alma em ânsia forte
perdão vossas chagas dêem,
e com o perdão também
espero o prêmio dos céus,
não pelos méritos meus,
mas do vosso sangue. Amém.

AO DIVINO SACRAMENTO

ROMANCE

Tremendo chego, meu Deus,
ante vossa divindade,
que a fé é muito animosa,
mas a culpa mui cobarde.

À vossa mesa divina
como poderei chegar-me,
se é triaga ([5]) da virtude
e veneno da maldade?

Como comerei de um pão,
que me dais, porque me salve,
um pão que a todos dá vida,
e a mim temo que me mate?

Como não hei de ter medo
de um pão, que é tão formidável,
vendo que estais todo em tudo,
e estais todo em qualquer parte?

Quanto a que o sangue vos beba,
isso não, e perdoai-me:
como quem tanto vos ama,
há de beber-vos o sangue?

Beber o sangue do amigo
é sinal de inimizade;
pois como quereis, que eu o beba,
para confirmarmos ([6]) pazes?

---

(5) *triaga* — forma popular de "teriaga", poção que era considerada ótimo específico contra a mordedura de cobra; entenda-se: a mesa divina é remédio para a virtude, e veneno para a maldade. Enquanto James Amado registra a forma aqui adotada, na edição da Academia aparece *paga*.

(6) *confirmarmos* — Afrânio Peixoto registra *confirmar-vos*.

Senhor, eu não vos entendo:
vossos preceitos são graves,
vossos juízos são fundos,
vossa idéia inescrutável. (7)

Eu confuso neste caso,
entre tais perplexidades
de salvar-me ou de perder-me,
só sei que importa salvar-me.

Oh! se me déreis tal graça,
que tendo culpas a mares,
me virá salvar na tábua
de auxílios tão eficazes!

E pois já à mesa cheguei,
onde é força alimentar-me
deste manjar, de que os anjos
fazem seus próprios manjares,

Os anjos, meu Deus, vos louvem,
que os vossos arcanjos sabem,
e os santos todos da glória
que o que vos devem, vos paguem.

Louve-vos minha rudeza,
por mais que sois inefável,
porque se os brutos vos louvam,
será a rudeza bastante.

Todos os brutos vos louvam,
troncos, penhas, montes, vales,
e pois vos louva o sensível,
louve-vos o vegetável.

---

(7) *inescrutável* — Afrânio Peixoto registra *inexecutável.*

CONSIDERA O POETA, ANTES DE CONFESSAR-SE, NA ESTREITA CONTA, JUÍZO TREMENDO E VIDA RELAXADA

DÉCIMAS

1

Ai de mim! Se neste intento
e costume de pecar,
a morte me embaraçar,
a salvar-me, como intento?
Que mau caminho freqüento,
para tão estreita conta!
Oh que pena, oh que afronta
será, quando ouvir dizer:
"Vai, maldito, a padecer,
onde Lucifer te aponta!"

2

Valha-me Deus! Que será
desta minha triste vida,
que assim malogro perdida?
Onde, Senhor, parará?
Que conta se me fará
lá no fim, onde se apura
o mal, que sempre em mim dura,
o bem, que nunca abracei,
os gozos, que desprezei
por uma eterna amargura?

3

Que desculpa posso dar,
quando ao tremendo juízo,
for levado de improviso,
e o demônio me acusar?
Como me hei de desculpar
sem remédio e sem ventura,
se for para aonde dura
o tormento eternamente,
ao que morre impenitente,
sem confissão nem fé pura?

4

Nome tenho de cristão,
e vivo tão brutamente!
Comunico a tanta gente,
sem ter, quem me dê a mão!
Deus me chama com perdão
por auxílios e conselhos;
eu ponho-me de joelhos
e mostro-me arrependido;
mas como tudo é fingido,
não me valem aparelhos.

5

Sempre que vou confessar-me,
digo que deixo o pecado;
porém torno ao mau estado,
em que é certo o condenar-me.
Mas lá está quem há de dar-me
o pago do proceder:
pagarei num vivo arder
de tormentos repetidos
sacrilégios cometidos
contra quem me deu o ser.

6

Mas se tenho tempo agora,
e Deus me quer perdoar,
que lhe hei de mais esperar,
para quando, ou em qual hora?
Que será, quando traidora
a morte me acometer,
e então lugar não tiver,
de deixar a ocasião?
Na eterna ([8]) condenação
me hei de vir a subverter.

---

(8) *eterna* — James Amado registra *extrema.*

ACHANDO-SE UM BRAÇO PERDIDO DO MENINO DEUS DE N. S. DAS MARAVILHAS, QUE DESACATARAM INFIÉIS NA SÉ DA BAHIA

SONETO

O todo sem a parte não é todo;
A parte sem o todo não é parte;
Mas se a parte o faz todo, sendo parte,
Não se diga que é parte, sendo o todo.

Em todo o Sacramento está Deus todo,
E todo assiste inteiro em qualquer parte,
E feito em partes todo em toda a parte,
Em qualquer parte sempre fica todo.

O braço de Jesus não seja parte,
Pois que feito Jesus em partes todo,
Assiste cada parte em sua parte.

Não se sabendo parte deste todo,
Um braço que lhe acharam, sendo parte,
Nos diz as partes todas deste todo.

NO SERMÃO QUE PREGOU NA MADRE DE DEUS D. JOÃO FRANCO DE OLIVEIRA PONDERA O POETA A FRAGILIDADE HUMANA

SONETO

Na oração, que desaterra .... a terra, [8a]
Quer Deus que a quem está o cuidado dado,
Pregue que a vida é emprestado ...... estado.
Mistérios mil, que desenterra .... enterra.

Quem não cuida de si, que é terra, ... erra,
Que o alto Rei, por afamado .... amado,
É quem lhe assiste ao desvelado ...... lado,
Da morte ao ar não desaferra, ... aferra.

Quem do mundo a mortal loucura .... cura,
A vontade de Deus sagrada .... agrada,
Firma-lhe a vida em atadura .... dura.

Ó voz zelosa, que dobrada .... brada,
Já sei que a flor da formosura, ... usura,
Será no fim desta jornada .... nada.

(8a) *a terra* — James Amado registra *aterra*.

NO DIA DE QUARTA-FEIRA DE CINZAS

SONETO

Que és terra, homem, e em terra hás de tornar-te,
Te lembra hoje Deus por sua Igreja;
De pó te faz espelho, em que se veja
A vil matéria, de que quis formar-te.

Lembra-te Deus, que és pó para humilhar-te,
E como o teu baixel sempre fraqueja
Nos mares da vaidade, onde peleja,
Te põe à vista a terra, onde salvar-te.

Alerta, alerta, pois, que o vento berra.
Se assopra a vaidade e incha o pano,
Na proa a terra tens, amaina e ferra.

Todo o lenho mortal, baixel humano,
Se busca a salvação, tome hoje terra,
Que a terra de hoje é porto soberano.

À PERFEIÇÃO DO SANTO EXERCÍCIO DA VIA SACRA, FEITO COM BOA DEVOÇÃO (9)

SONETO

Via de perfeição é a sacra via,
Via do céu, caminho da verdade:
Mas ir ao céu com tal publicidade,
Mais que à virtude o boto à hipocrisia.

O ódio é d'alma infame companhia,
A paz deixou-a Deus à cristandade:
Mas arrastar por força uma vontade,
Em vez de perfeição é tirania.

O dar pregões do púlpito é indecência:
"Que de fulano?" "Venha aqui sicrano!",
Porque pecado e pecador se veja,

É próprio de um porteiro d'audiência,
E se nisto maldigo, ou mal me engano,
Eu me submeto à Santa Madre Igreja.

---

(9) *"À Perfeição..."* — Ao título adotado pela edição da Academia, James Amado contrapõe esse outro, que atribui ao poema uma intenção menos piedosa: "Aos missionários a quem o arcebispo D. Fr. João da Madre de Deus recomendava muito as Vias Sacras, que enchendo a cidade de cruzes chamavam do púlpito as pessoas por seus nomes, repreendendo a quem faltava."

AO MISTERIOSO EPÍLOGO DOS INSTRUMENTOS DA PAIXÃO RECOPILADO NA FLOR DO MARACUJÁ

SONETO

Divina flor, se en esa pompa vana
Los martirios ostentas reverente,
Corona con los clavos a tu frente,
Pues brillas con las llagas tan losana.

Venera esa corona altiva, ufana,
Y en tu garbo te ostenta floreciente:
Los clavos enarbola eternamente,
Pues Dios com sus heridas se te hermana.

Si flor nasciste para mas pomposa
Desvanecer floridos crescimientos,
Ya flor te reconocen mas dichosa.

Que el cielo te ha gravado en dos [10] tormentos,
En clavos la corona mas gloriosa,
Y en llagas sublimados luzimientos.

---

(10) *dos* — esp. dois; Afrânio Peixoto registra *los*.

A NOSSA SENHORA DO ROSÁRIO EM UMA ACADEMIA QUE FEZ O POETA

SONETO

Fragrante rosa em Jericó plantada,
Como a lua formosa e esclarecida,
Como o sol, entre todas escolhida,
E como puro espelho imaculada.

Virgem antes dos séculos criada
Para mãe do supremo Autor da vida,
Para fonte de graça dirigida,
E de toda a desgraça reservada.

Pois a vosso rosário se dedica
Esta academia, em que tanto acerta,
Consagrando-se a vós, divina rosa:

Claro, patente, e manifesto fica,
E sem falência conclusão é certa,
Que do mundo há de ser a mais gloriosa.

A UMA FONTE QUE NASCEU MILAGROSAMENTE AO PÉ DE UMA CAPELA DE N. SENHORA DAS NEVES NA FREGUESIA DAS AVELÃS

SONETO

Desse cristal, que desce transparente,
Nesse aljôfar, que corre sucessivo,
Desce a nós o remédio compassivo,
corre a nós a mezinha diligente.

De vosso ser lhe nasce o ser corrente,
Manancial de graças sempre vivo,
Que geralmente assim distributivo
Tanta prata nos dá liberalmente.

Porém, Virgem das Neves, se sois Fonte,
como enfim nos cantares se descreve,
e se sois sol, suposto o sol se afronte,

Essa fonte, Senhora, a vós se deve.
Mas que muito, que estando o sol no monte,
Nos dê no vale derretida a neve?

A CONCEIÇÃO IMACULADA DE MARIA SANTÍSSIMA

SONETO

Para Mãe, para Esposa, Templo, e Filha
Decretou a Santíssima Trindade
Lá da sua profunda eternidade
A Maria, a quem fez com maravilha.

E como esta na graça tanto brilha,
No cristal de tão pura claridade
A segunda Pessoa humanidade
Pela culpa de Adão tomar se humilha.

Para que foi aceita a tal Menina?
Para emblema do Amor, obra piedosa
Do Padre, Filho, e Pomba essência trina:

É logo conseqüência esta forçosa,
Que Estrela, que fez Deus tão cristalina
Nem por sombras da sombra a mancha goza.

A CONCEIÇÃO IMACULADA DE MARIA SANTÍSSIMA

SONETO

Como na cova tenebrosa, e escura,
A quem abriu o original pecado,
Se o próprio Deus a mão vos tinha dado,
Podíeis vós cair, ó virgem pura?

Nem Deus, que o bem das almas só procura,
De todo vendo o mundo arruinado,
Permitira a desgraça haver entrado
Donde havia sair nossa ventura.

Nasce a rosa de espinhos coroada,
Mas se é pelos espinhos assistida,
Não é pelos espinhos magoada.

Bela Rosa, ó virgem esclarecida!
Se entre a culpa, se vê, fostes criada,
Pela culpa não fostes ofendida.

À MORTE DA AUGUSTA SENHORA RAINHA D. MARIA, FRANCISCA, ISABEL DE SABÓIA, QUE FALECEU EM 1683

SONETO

Hoje pó, ontem Deidade soberana,
Ontem sol, hoje sombra, ó Senadores,
Lises imperiais enfim são flores,
Quem outra cousa crê, muito se engana.

Nas cinzas, que essa urna guarda ufana,
Vejo que os aromáticos licores
são de seu mortal ser descobridores,
Porque o que a arte esconde, o juízo alhana.

A Real Capitânia submergida!
Olhos à gávea, ó tu, Naveta ousada,
Que ao mar te engolfas de ambição vencida:

Pois em terra a Real está encalhada,
Alerta, altos Baixéis, porque anda a vida
Da mortal tempestade ameaçada.

MORALIZA O POETA NOS OCIDENTES DO SOL A INCONSTÂNCIA DOS BENS DO MUNDO

SONETO

Nasce o Sol, e não dura mais que um dia,
Depois da Luz se segue a noite escura,
Em tristes sombras morre a formosura,
Em contínuas tristezas a alegria.

Porém, se acaba o Sol, por que nascia?
Se é tão formosa a Luz, por que não dura?
Como a beleza assim se transfigura?
Como o gosto da pena assim se fia?

Mas no Sol, e na Luz falte a firmeza,
Na formosura não se dê constância,
E na alegria sinta-se tristeza.

Começa o mundo enfim pela ignorância,
E tem qualquer dos bens por natureza
A firmeza somente na inconstância.

MORALIZA O POETA SEU DESASSOSSEGO NA HARMONIA INCAUTA DE UM PASSARINHO, QUE CHAMA SUA MORTE A COMPASSOS DE SEU CANTO

SONETO

Contente, alegre, ufano Passarinho,
Que enchendo o bosque todo de harmonia,
Me está dizendo a tua melodia,
Que é maior tua voz, que o teu biquinho.

Como da pequenez desse corpinho
Sai tamanho tropel de vozeria?
Como cantas, se és flor de Alexandria?
Como cheiras, se és pássaro de arminho?

Simples cantas, incauto garganteias,
Sem ver que estás chamando ao homicida,
Que te segue por passos de garganta. ([11])

Não cantes mais, que a morte lisonjeias,
Esconde a voz, esconderás a vida,
Que em ti não se vê mais que a voz que canta.

---

(11) *passos de garganta* — gorjeios, trinados.

A MARIA DOS POVOS, SUA FUTURA ESPOSA

SONETO

Discreta, e formosíssima Maria, ([12])
Enquanto estamos vendo a qualquer hora,
Em tuas faces a rosada Aurora,
Em teus olhos e boca o Sol, e o dia:

Enquanto com gentil descortesia
O ar, que fresco Adônis ([13]) te namora,
Te espalha a rica trança voadora,
Quando vem passear-te pela fria: ([14])

Goza, goza da flor da mocidade,
Que o tempo trata a toda ligeireza,
E imprime em toda a flor sua pisada.

Oh não aguardes, que a madura idade,
Te converta essa flor, essa beleza,
Em terra, em cinza, em pó, em sombra, em nada.

---

(12) *"Discreta e formosíssima Maria"* — o poema tornou-se famoso por parafrasear e traduzir, combinando-os, dois sonetos de Gôngora: "Ilustre y hermosísima María" e "Mientras por competir con tu cabello".
(13) *Adônis* — divindade mitológica, protótipo da beleza masculina.
(14) *pela fria* — pela madrugada.

TERCEIRA VEZ IMPACIENTE MUDA O POETA O SEU SONETO NA FORMA SEGUINTE

SONETO

Discreta, e formosíssima Maria,
Enquanto estamos vendo claramente
Na vossa ardente vista o sol ardente,
E na rosada face a aurora fria:

Enquanto pois produz, enquanto cria
Essa esfera gentil, mina excelente
No cabelo o metal mais reluzente,
E na boca a mais fina pedraria:

Gozai, gozai da flor da formosura,
Antes que o frio da madura idade
Tronco deixe despido, o que é verdura.

Que passado o zenith da mocidade,
Sem a noite encontrar da sepultura,
É cada dia ocaso da beldade.

É a vaidade, Fábio, nesta vida, [15]
Rosa, que da manhã lisonjeada,
Púrpuras mil, com ambição dourada,
Airosa rompe, arrasta presumida.

É planta, que de abril favorecida,
Por mares de soberba desatada,
Florida galeota empavesada,
Sulca ufana, navega destemida.

É nau enfim, que em breve ligeireza,
Com presunção de Fênix [16] generosa,
Galhardias apresta, alentos preza:

Mas ser planta, ser rosa, nau vistosa
De que importa, se aguarda sem defesa
Penha a nau, ferro a planta, tarde a rosa?

---

(15) *"É a vaidade, Fábio, nesta vida"* — antologicamente reconhecido como de autoria de Gregório de Matos, este soneto pertence, segundo documentação citada por Aguiar e Silva, a Fonseca Soares (*Maneirismo e barroco na poesia lírica portuguesa,* p. 105).

(16) *Fênix* — "Pássaro fabuloso que se faz nascer nos desertos da Arábia, e cuja existência atinge 500 a 600 anos. Os egípcios fizeram da Fênix uma divindade: figuraram-na do tamanho de uma águia com um magnífico topete, as penas do pescoço douradas, a cauda branca mesclada de penas vermelhas, e com os olhos flamejantes. Era o único pássaro na sua espécie; fazia-se morrer numa fogueira e renascia de suas cinzas; daí ser ela o símbolo da imortalidade" (Spina).

AO MESMO ASSUNTO

São neste mundo império de loucura, [17]
Posse, engenho, nobreza e galhardia,
Os padrões da vaidade em que confia
A presunção dos homens sem cordura.

Mas se em cinzas se torna a formosura,
Se em cadáver se muda a fidalguia,
Se é palestra do engenho a campa fria,
Se da riqueza é cofre a sepultura,

És tronco na dureza empenhascado,
És homem mais que a rocha empedernido,
És mármore na constância do pecado:

Se ainda vives, homem presumido,
Vendo qual há de ser teu triste estado,
Se és galã, nobre, rico, ou entendido.

---

(17) *"São neste mundo império da loucura"* — ocorre o mesmo caso referido à nota 15.

AO MESMO ASSUNTO

Esse farol do céu, fímbria luzida, (18)
Esse lenho das ondas, pompa inchada,
Essa flor da manhã, delícia amada,
Esse tronco de abril, galha florida,

É desmaio da noite escurecida,
É destroço da penha retirada,
É lástima da tarde abreviada,
É despojo da chama enfurecida.

Se o sol, se a nau, se a flor, se a planta toda
A ruína maior nunca se veda;
Se em seu mal a fortuna sempre roda;

Se alguém das vaidades não se arreda,
Há de ver (se nas pompas mais se engoda),
Do sol, da nau, da flor, da planta, a queda.

(18) *Esse farol do céu, fímbria luzida* — ocorre também o caso referido à nota 15.

A FRANCISCO PEREIRA DE AZEVEDO NASCENDO-LHE UM NETO NA MESMA HORA EM QUE LHE MORREU UMA NETA

SONETO

Até vir a manhã serena, e pura
A estrela d'alva está resplandecente;
Mas quando o sol se mostra mais luzente,
Tanto ela se retira mais escura.

Enfim rompe do Sol a formosura,
As frias nuvens desfazendo ardente,
Quando se vê nascido no Oriente,
Então morta se vê na sepultura.

No céu de vossa casa luminoso
Mariana assistiu, estrela bela,
Até nascer de Pedro o sol formoso.

E se o Sol se vê nele, e a estrela nela,
Sendo nascido o Sol, era forçoso
Que se havia de ver defunta a estrela.

À MORTE DE D. TERESA, FORMOSÍSSIMA DONZELA, UMA DAS TRÊS CELEBRADAS FILHAS DE VASCO DE SOUSA DE PAREDES

SONETO

Astro do prado, estrela nacarada
Te viu nascer nas margens do Caípe ([19])
Apolo, e todo o coro de Aganipe, ([20])
Que hoje te chora rosa sepultada.

Por rainha das flores aclamada
Quis o prado, que o cetro participe
Vida de flor, aonde se antecipe
Aos anos a gadanha coroada. ([21])

Morrer de flor é morte de formosa,
E sem junções de flor nasceras peca,
Que a pensão de acabar te fez pomposa.

Não peca em fama, quem na morte peca, ([22])
Nácar nasceste, e eras fresca rosa:
O vento te murchou, e és rosa seca.

---

(19) *Caípe* — rio de Pernambuco.

(20) *Aganipe* — divindade da fonte do mesmo nome, consagrada às musas da Beócia, que tinham o dom de inspirar os poetas.

(21) *a gadanha coroada* — Afrânio Peixoto registra *aguardando coroada.*

(22) *Não peca em fama, quem na morte peca* — a acentuação gráfica usada atualmente apaga a oposição entre *peca* (adj.: definhada) e *peca* (do verbo pecar).

À MORTE DE AFONSO BARBOSA DA FRANCA, AMIGO DO POETA

SONETO

Quem pudera de pranto soçobrado,
Quem pudera em choro submergido
Dizer, o que na vida te hei querido,
Contar, o que na morte te hei chorado.

Só meu silêncio diga o meu cuidado,
Que explica mais que a voz de um afligido;
Porque na esfera curta de um sentido
Não cabe um sentimento dilatado.

Não choro, amigo, a tua avara sorte,
Choro a minha desgraça desmedida,
Que em privar-me de ver-te foi mais forte.

Tu com tanta memória repetida
Acharás nova vida em mãos da morte,
Eu, triste, nova morte, em mãos da vida.

AO MESMO ASSUNTO

SONETO

Alma gentil, esprito generoso,
Que do corpo as prisões desamparaste,
E qual cândida flor em flor cortaste
De teus anos o pâmpano viçoso.

Hoje, que o sólio habitas luminoso,
Hoje, que ao trono eterno te exaltaste,
Lembra-te daquele amigo a quem deixaste
Triste, absorto, confuso, e saudoso.

Tanto tua virtude (23) ao céu subiste,
Que teve o céu cobiça de gozar-te,
Que teve a morte inveja de vencer-te.

Venceste (24) o foro humano em que caíste,
Goza-te o céu não só por premiar-te,
Senão por dar-me a mágoa de perder-te.

---

(23) *tua virtude* — James Amado registra *a tua vida.*
(24) *venceste* — James Amado registra *venceu-te.*

A MANUEL FERREIRA DE VERAS NASCENDO-LHE UM FILHO, QUE LOGO MORREU, COMO TAMBÉM AO MESMO TEMPO UM SEU IRMÃO, E AMBOS FORAM SEPULTADOS JUNTOS EM N. SENHORA DOS PRAZERES

SONETO

Um prazer, e um pesar quase irmanados,
Um pesar, e um prazer, mas divididos
Entraram nesse peito tão unidos,
Que Amor os acredita vinculados.

No prazer acha Amor os esperados
Frutos de seus extremos conseguidos,
No pesar acha a dor amortecidos
Os vínculos do sangue separados.

Mas ai fado cruel! que são azares
Toda a sorte, que dás dos teus haveres,
Pois val ([25]) o mesmo dares, que não dares.

Emenda-te, fortuna, e quando deres,
Não seja esse prazer em dois pesares,
Nem prazer enterrado nos Prazeres. ([26])

---

(25) *val* — vale.

(26) *Não seja esse prazer...* — James Amado registra: "Não seja esse pesar em dous pesares, / Nem um prazer enterrado nos Prazeres."

À MORTE DA EXCELENTÍSSIMA PORTUGUESA D. FELICIANA DE MILÃO, RELIGIOSA DO CONVENTO DA ROSA

SONETO

Ana felice foste, Feliciana;
Pois só por ver a Deus o espírito unido,
Te desunes de um corpo, que eu duvido
se é corpo, ou se é matéria soberana.

Hoje, que habitas, tão gloriosa, e ufana
Esse reino de luz, que hás merecido,
Não te espantes de um choro enternecido,
Que destes meus saudosos olhos mana.

Pois já descansa em paz, e já repousa
Tua alma venturosa; e a branda terra
Te guarda o sono, que romper não ousa:

Ó peregrino! o vão temor desterra
Ponderando, que tão celeste lousa
Tão religioso corpo em si encerra.

AO MESMO ASSUNTO

SONETO

Teu alto esforço e valentia forte
Tanto a outro nenhum valor iguala,
Que teve o céu cobiça de lográ-lo,
Que teve inveja de vencê-la a morte.

O céu veio a lográ-la, mas por sorte,
Que por poder não pode conquistá-la;
A morte por haver de contrastá-la
Vigor de lei tomou, e deu-lhe o corte.

Prêmios, que mereceste, e nunca viste,
Todos com teu valor os desprezaste,
E com os merecer lhe resististe.

O cargo, que na vida não lograste,
Esse o mofino é, órfão, e triste,
Pois te não falta a ti, tu lhe faltaste.

PRETENDE O POETA MODERAR O EXCESSIVO SENTIMENTO DE VASCO DE SOUSA DE PAREDES NA MORTE DA DITA SUA FILHA

SONETO

Sôbolos rios, sôbolas torrentes ([27])
De Babilônia, o povo ali oprimido
Cantava ausente, triste, e afligido
Memórias de Sião, que tem presentes.

Sôbolas do Caípe ([28]) águas correntes,
Um peito melancólico, e sentido,
Um Anjo chora em cinzas reduzido,
Que são bens reputados sobre ausentes.

Para que é mais idade, ou mais um ano,
Em quem por privilégio, e natureza
Nasceu flor, a que um sol faz tanto dano!?

Vossa prudência, pois, em tal dureza
Não sinta a dor, e tome o desengano,
Que um dia é eternidade da beleza.

---

(27) *Sôbolos rios, sôbolas torrentes* — o soneto alude ao salmo 137, e às redondilhas "Babel e Sião", de Camões. *Sôbolos:* sobre os; *sôbolas:* sobre as.

(28) *Caípe* — rio de Pernambuco.

AO DIA DO JUÍZO

SONETO

O alegre do dia entristecido,
O silêncio da noite perturbado,
O resplandor do sol todo eclipsado,
E o luzente da lua desmentido.

Rompa todo o criado em um gemido.
Que é de ti, mundo? onde tens parado?
Se tudo neste instante está acabado,
Tanto importa o não ser, como haver sido.

Soa a trombeta da maior altura,
A que a vivos e mortos traz o aviso
Da desventura de uns, de outros ventura.

Acabe o mundo, porque é já preciso,
Erga-se o morto, deixe a sepultura,
Porque é chegado o dia do juízo.

DESCREVE UM HORROROSO DIA DE TROVÕES

SONETO

Na confusão do mais horrendo dia,
Painel da noite em tempestade brava,
O fogo com o ar se embaraçava
Da terra e água o ser se confundia.

Bramava o mar, o vento embravecia
Em noite o dia enfim se equivocava,
E com estrondo horrível, que assombrava,
A terra se abalava e estremecia.

Lá desde o alto aos côncavos rochedos,
Cá desde o centro aos altos obeliscos
Houve temor nas nuvens, e penedos.

Pois dava o Céu ameaçando riscos
Com assombros, com pasmos, e com medos
Relâmpagos, trovões, raios, coriscos.